¡Continuemos!

Student Activities Manual

EIGHTH EDITION

Ana C. Jarvis
Chandler-Gilbert Community College

Raquel Lebredo
California Baptist University

Francisco Mena-Ayllón
University of Redlands

D1607213

HEINLE
CENGAGE Learning

Australia • Brazil • Japan • Korea • Mexico • Singapore • Spain • United Kingdom • United States

For product information and technology assistance, contact us at
**Cengage Learning Customer & Sales Support,
1-800-354-9706**
For permission to use material from this text or product, submit all requests online at **www.cengage.com/permissions**
Further permissions questions can be emailed to
permissionrequest@cengage.com

ISBN-13: 978-1-111-83916-1

ISBN-10: 1-111-83916-6

Heinle
20 Channel Center Street
Boston, MA 02210
USA

Cengage Learning is a leading provider of customized learning solutions with office locations around the globe, including Singapore, the United Kingdom, Australia, Mexico, Brazil, and Japan. Locate your local office at **www.cengage.com/global**

Cengage Learning products are represented in Canada by Nelson Education, Ltd.

To learn more about Heinle, visit **www.cengage.com/heinle**

Purchase any of our products at your local college store or at our preferred online store **www.cengagebrain.com**

Printed in the USA
2 3 4 5 6   28 27 26 25 24

LECCIÓN 1

ACTIVIDADES PARA ESCRIBIR

Para hablar del tema

1. Palabras y más palabras Encierre en un círculo la palabra o frase que no pertenece a cada grupo.

1. país	patria	guerra
2. gobierno	siglo	reinado
3. descubrimiento	informe	investigación
4. luchar	abolir	pelear
5. Me cae bien.	Estoy bien.	Me llevo bien.
6. fundar	derrotar	vencer
7. peregrinos	pioneros	reyes
8. griego	simpático	encantador
9. resuelve	soluciona	merece
10. durante esos años	en esa época	en esa batalla
11. llevar	tomar	agarrar
12. actualmente	ahora	en realidad

2. Familias de palabras Encuentre el nombre, el verbo o el adjetivo que corresponde a cada una de las siguientes palabras.

1. verbo: *gobernar* nombre: _____

2. nombre: *descubrimiento* verbo: _____

3. adjetivo: *encantador* nombre: _____

4. nombre: *informe* verbo: _____

5. verbo: *luchar* nombre: _____

6. nombre: *rey* verbo: _____

7. verbo: *investigar* nombre: _____

8. adjetivo: *patriota* nombre: _____

9. verbo: *entregar* nombre: _____

10. adjetivo: *merecido* verbo: _____

11. adjetivo: *actual* nombre: _____

12. verbo: *declarar* nombre: _____

13. verbo: *fundar* nombre: _____

14. nombre: *mundo* adjetivo: _____

15. verbo: *derrotar* nombre: _____

3. Para completar Ahora complete las siguientes oraciones, usando las palabras encontradas en el ejercicio anterior.

1. Cada día, los hombres de ciencia _____ curas para diferentes enfermedades.

2. España es la _____ de Goya y de Picasso.

3. En la _____, los hombres ayudan con los trabajos de la casa.

4. Miles de personas miran los partidos de fútbol, interesados en la copa _____.

5. El _____ de los Estados Unidos promete ayuda para varios países.

6. Hoy tiene lugar la _____ de premios *(awards)* en la escuela.

7. Es un héroe; _____ nuestra admiración.

8. Yo les puedo _____ sobre los acontecimientos de la semana pasada.

9. El historiador va a hablar sobre la _____ de Buenos Aires.

10. En nuestra clase de historia hablamos sobre la _____ de Napoleón en Waterloo.

11. Lo que más admiro en ella es su inteligencia y su _____.

12. ¿Tú crees que el príncipe Charles va a _____ en Inglaterra?

13. La _____ entre el ejército *(army)* y los rebeldes va a ser terrible.

14. Según la _____ de ese testigo *(witness)*, ella es culpable *(guilty)*.

15. Tengo que ir a la biblioteca para hacer _____ sobre la Guerra Civil en España.

4. Crucigrama Complete el siguiente crucigrama.

Horizontal

2. en esos días: en esa _____ .

4. lleno de encanto

6. Su capital es Londres.

9. *report,* en español

10. Los ingleses son nuestros _____ .

14. Todo lo deja para _____ hora.

17. pelear

18. evento

19. en la actualidad

20. opuesto de **llorar** *(to cry)*

21. *battle,* en español

Vertical

1. La de los estadounidenses es los Estados Unidos.

3. comer por la tarde

5. la esposa del rey

7. de Grecia

8. *to reign,* en español

11. acción de descubrir

12. opuesto de **paz**

13. opuesto de **libertad**

15. del mundo

16. solucionar

Viñetas culturales

5. Comprensión Complete las siguientes oraciones.

1. La Guerra Civil Española comienza en el año _____ y termina en el año _____.

2. El _____ triunfa en España, derrotando a los defensores de la _____.

3. Francisco Franco dura casi _____ años en el poder.

4. El abuelo del rey Juan Carlos es _____.

5. La reina Sofía nació en _____.

6. Juan Carlos, el rey de España, reina pero no _____.

Estructuras y práctica

El presente de indicativo

6. Los estudiantes universitarios Estas son las características y las acciones de un grupo de estudiantes. Cambie los verbos de acuerdo con los nuevos sujetos.

1. Elisa es muy estudiosa y mantiene un promedio de A.

   Yo _____

2. Jorge no interviene en la clase porque no entiende nada.

   Nosotros _____.

3. Nosotros les advertimos que no corregimos esos exámenes en seguida.

   El profesor _____

4. Carlos reconoce que él no merece una A.

   Yo _____

5. Cuando nosotros tenemos problemas, los resolvemos.

   Cuando Silvia _____

6. Luis propone estudiar esta noche y supone que todos están de acuerdo.

   Yo _____

7. Nosotros elegimos los regalos y los envolvemos.

   Tú _____

8. Mirta y Adela pertenecen a ese club; no lo niegan.

   Yo _____

El presente progresivo

7. En un café al aire libre Indique lo que están haciendo estas personas. Use los verbos apropiados en el presente progresivo, y la información dada.

1. Olga / el periódico

   _____

2. el camarero / chocolate con churros

   _____

3. Eva y yo / sándwiches

   _____

4. tú / que necesitas dinero

   _____

5. yo / por teléfono

   _____

6. Mario y Sofía / planes

   _____

La *a* personal

8. Turistas en la Gran Vía Estas personas pasean por la Gran Vía, en Madrid, y están pensando en muchas cosas. Complete la información que sigue sobre lo que piensan, dando el equivalente español de las palabras que aparecen entre paréntesis.

1. Una argentina: Tengo que llamar _____. *(my dad and my sister)*

2. Un paraguayo: Voy a _____ al Parque del Retiro. *(take my wife)*

3. Un chileno: Quiero _____ a ir al cine conmigo. *(invite Marisol)*

4. Una mexicana: Yo _____, pero la verdad es que me encanta España. *(love my country)*

5. Una cubana: En la compañía necesitan _____. Yo puedo hacer ese trabajo… *(a secretary)*

6. Un peruano: Yo _____ en Madrid. *(don't know anybody)*

Formas pronominales en función de complemento directo

9. En la residencia universitaria En el salón de estudios, un grupo de estudiantes habla de lo que necesitan varias personas. Usando el verbo **necesitar,** termine las siguientes oraciones apropiadamente.

MODELO   Yo voy a llevar los libros a la casa de Ana porque ella _____.

Yo voy a llevar los libros a la casa de Ana porque ella los necesita.

1. Yo voy a ir al apartamento de mi hermana porque ella _____.

2. El profesor va a estar en su oficina mañana porque nosotros _____.

3. Tú tienes que ir a ver a tu mejor amiga porque ella _____.

4. Nosotros tenemos que ayudar a Pablo porque él _____.

5. Yo voy a comprar las revistas porque sé que tú _____.

6. Graciela va a ir a ver a su abuelo porque él _____.

Formas pronominales en función de complemento indirecto

10. Al regreso del viaje Pilar va a viajar a Barcelona y va a traer regalos para todo el mundo. Indique usted qué le va a traer a quién, usando la información dada y el complemento indirecto.

MODELO   a mí / un libro
A mí me va a traer un libro.

1. a su papá / una chaqueta

_____

2. a sus hermanos / camisetas

_____

3. a ti / unos aretes

_____

4. a Daniel y a mí / discos compactos

_____

5. a su mamá / una blusa

_____

6. a mí / un bolso

_____

Construcciones reflexivas

11. La rutina diaria Indique lo que sucede un día cualquiera en la casa de la familia Lara. Use construcciones reflexivas para completar lo siguiente.

1. Son las seis de la mañana. Yo _____.

2. En el baño, mi papá _____.

3. En el comedor, para desayunar, nosotros _____.

4. Tú tienes mucho frío y _____.

5. Todos estamos listos para salir y _____.

6. En la cafetería de la universidad, el servicio es muy malo y yo _____.

7. Por la noche, mi abuelo mira un programa aburrido en la tele y _____.

8. Antes de ir a dormir, para rezar *(to pray)*, tú _____.

9. A mi mamá le duelen los pies y _____.

10. A las once de la noche, todos nosotros _____.

De todo un poco

12. En general... Dé el equivalente español de cada una de las palabras que aparecen entre paréntesis.

1. Yo _____, pero _____ en sus asuntos privados. *(support them / don't intervene)*

2. Yo _____ que _____ lo que ellos _____. *(admit / I don't deserve / offer me)*

3. Yo _____ todos los favores, y _____ que siempre me van a ayudar. *(thank them / I suppose)*

4. Yo _____ que ellas _____ todo el tiempo, señores. *(warn you / lie to you)*

5. Yo _____ que el perro _____. *(tell them / doesn't bite)*

6. Yo _____ las composiciones y _____ las mejores. *(correct / choose)*

7. Ellos _____ las novelas de ese autor. *(continue to read)*

8. Ellos esperan _____. *(Dr. Luis Díaz)*

9. Al llegar a su casa, Alicia _____ los zapatos y _____ unas zapatillas. *(takes off / puts on)*

10. Ella _____ decir que nunca _____ su libro. *(doesn't dare / remembers to bring)*

11. Ellos _____ todos los libros que necesita. *(can bring her)*

12. Ellos siempre _____ de mí. _____ que yo _____ toda la información que ellos necesitan. *(complain / They say / don't give them)*

13. Frases útiles Complete lo siguiente, usando las palabras que aparecen entre paréntesis.

1. _____, no hacemos investigación en la biblioteca. *(Actually)*

2. _____ no siempre digo la verdad. *(I must confess that)*

3. _____, el problema no es fácil de resolver. *(The way I see it)*

4. _____, ningún sistema de gobierno es perfecto. *(In my opinion)*

5. _____ ella es más eficiente que yo. *(I don't deny that)*

6. _____, merendamos juntos los sábados. *(Generally)*

14. ¿Qué pasa aquí? Fíjese en estas ilustraciones y conteste las preguntas que siguen.

A

1. ¿Qué está haciendo Pablo en la biblioteca?

_____

2. ¿Cuál es el tema de su informe?

_____

3. ¿Cree usted que Pablo deja las cosas para última hora?

_____

4. ¿Cómo lo sabe?

_____

B

5. ¿Usted cree que Luis le cae bien a Nora o que le cae mal?

_____

6. ¿Usted cree que ellos pueden llevarse bien?

_____

7. ¿Cómo lo sabe?

_____

C

8. ¿Cuál es el tema del informe de Tito?

_____

9. ¿Cuándo lo tiene que entregar?

_____

10. ¿Qué nota cree él que su informe va a merecer?

_____

D

11. ¿Qué piensa la reina que se debe abolir?

_____

12. ¿A quiénes cree el rey que hay que derrotar?

_____

13. ¿Qué sistema de gobierno cree usted que el rey prefiere?

_____

A escribir

15. Mi país Escriba uno o dos párrafos sobre un acontecimiento importante en la historia de su país. Use el presente histórico.

_____

_____

_____

_____

_____

_____

Actividades para escribir 9

Lectura periodística

16. Actualidad española Conteste las siguientes preguntas sobre la lectura periodística de este capítulo.

1. ¿Cuál ha sido el instrumento escogido por todos los españoles para alcanzar un lugar destacado entre los países más desarrollados y con mayor bienestar del mundo?
2. ¿En qué aspectos importantes está situada España entre los diez países más desarrollados?
3. ¿Cómo protege la Constitución las diversas nacionalidades y regiones que constituyen el Estado español?
4. ¿Cuántas Comunidades Autónomas —además de Ceuta y Melilla— componen España?
5. ¿Qué cosas marcan actualmente el camino de la democracia española?

Rincón literario

17. ¿Verdadero o falso? Indique si las siguientes aseveraciones son verdaderas o falsas.

V   F   **1.** Para José Martí, lo más importante fue siempre la independencia de su país.
V   F   **2.** Cuando Martí falleció, estaba en su casa rodeado de su familia.
V   F   **3.** Martí solamente escribió poemas.
V   F   **4.** El estilo de Martí es melódico y rítmico.
V   F   **5.** Los temas de sus escritos son religiosos.
V   F   **6.** Martí ama su país, pero odia a España.
V   F   **7.** Martí estuvo enamorado de una mujer aragonesa.
V   F   **8.** Martí odiaba la tiranía.

ACTIVIDADES PARA ESCUCHAR

Estructuras

1. El presente de indicativo Change each sentence you hear to the first person, using the cues provided. The speaker will verify your responses. Repeat the correct answers. Follow the model.

MODELO   Elsa es de Montevideo. (de Santiago)
Yo soy de Santiago.

2. El presente progresivo Answer the questions, using the cues provided. The speaker will verify your responses. Repeat the correct answers. Follow the model.

MODELO   ¿Qué está sirviendo la señora? (chocolate)
Está sirviendo chocolate.

3. La *a* personal Rephrase each sentence you hear, using the cues provided. The speaker will verify your responses. Repeat the correct answers. Follow the model.

MODELO   Yo traigo las bebidas. (mi hermana)
Yo traigo a mi hermana.

4. Formas pronominales en función de complemento directo Answer the following questions in the affirmative, replacing the nouns with the corresponding direct object pronouns. The speaker will verify your responses. Repeat the correct answers. Follow the model.

MODELO   ¿Compras los libros?
Sí, los compro.

5. Formas pronominales en función de complemento indirecto Answer each question you hear, using the cues provided. The speaker will verify your responses. Repeat the correct answers. Follow the model.

MODELO   ¿Qué le vas a regalar a tu amigo? (un libro)
Le voy a regalar un libro.

6. Construcciones reflexivas Answer each question you hear, using the cues provided. The speaker will verify your responses. Repeat the correct answers. Follow the model.

MODELO   ¿A qué hora te acuestas generalmente? (a las once)
Me acuesto a las once.

Pronunciación

7. Oraciones When you hear each number, read the corresponding sentence aloud. The speaker will then read the sentence correctly. Repeat it.

1. Todavía necesito hacer más investigación.
2. Aunque no lo mereces, puedo prestarte un libro.
3. Empieza con las invasiones de los celtas y de los fenicios.
4. Más tarde, ocurre el descubrimiento y la colonización de América.
5. Después desaparece con la independencia de las colonias.
6. España va a seguir teniendo una monarquía constitucional.

Comprensión

8. ¿Lógico o ilógico? You will hear some statements. Circle **L** if the statement is logical, and **I** if it is illogical. The speaker will confirm your answers. If a statement is illogical, the speaker will explain why.

1. L I   7. L I
2. L I   8. L I
3. L I   9. L I
4. L I   10. L I
5. L I   11. L I
6. L I   12. L I

9. Diálogos Pay close attention to the content of the three dialogues and the report, and also to the intonation and pronunciation patterns of the speakers. After each dialogue and the report, answer the questions, omitting the subjects. The speaker will confirm your responses. Repeat the correct answers. Each dialogue and the report will be read twice.

Listen to dialogue 1.
Now listen to dialogue 2.
Now listen to dialogue 3.
Now listen to part of the report that Luis wrote.

A escribir

10. Tome nota You will now hear an announcement for some lectures. First listen carefully for general comprehension. Then, as you listen a second time, fill in the information requested.

Nombre del conferencista: _____

Fechas: _____

Temas: _____

Lugar de las conferencias: _____

Hora de las conferencias: _____

Lugar de la recepción: _____

Hora de la recepción: _____

¡Los esperamos!

11. Dictado The speaker will read each sentence twice. After the first reading, write down what you have heard. After the second reading, check your work and fill in what you missed.

1. _____

2. _____

3. _____

4. _____

5. _____

6. _____

LECCIÓN 2

ACTIVIDADES PARA ESCRIBIR

Para hablar del tema

1. Palabras y más palabras Encierre en un círculo la palabra o frase que no pertenece a cada grupo.

1. suceder	lograr	ocurrir
2. no hace mucho	hace poco	se hace cargo
3. ejército	gobernador	alcalde
4. pobreza	poder	subdesarrollado
5. nacer	ensayar	morir
6. dar una opinión	opinar	mejorar
7. revolución	golpe de estado	derecho
8. fuente de ingreso	población	inversiones extranjeras
9. campaña electoral	bromear	postularse
10. tierra	nación	vía

2. Familia de palabras Encuentre el nombre, el verbo o el adjetivo que corresponde a cada una de las siguientes palabras.

1. nombre: *gobernador*   verbo: _____   **9.** nombre: *revolución*   adjetivo: _____

2. verbo: *prepararse*   adjetivo: _____   **10.** adjetivo: *industrializado*   verbo: _____

3. verbo: *ensayar*   nombre: _____   **11.** nombre: *pobreza*   adjetivo: _____

4. verbo: *mejorar*   nombre: _____   **12.** nombre: *independencia*   adjetivo: _____

5. verbo: *nacer*   nombre: _____   **13.** adjetivo: *invadido*   nombre: _____

6. nombre: *opinión*   verbo: _____   **14.** verbo: *resistir*   nombre: _____

7. verbo: *suceder*   nombre: _____   **15.** verbo: *elegir*   adjetivo: _____

8. adjetivo: *redondo*   verbo: _____   **16.** adjetivo: *adelantado*   verbo: _____

3. Para completar Ahora complete las siguientes oraciones, usando las palabras encontradas en el ejercicio anterior.

1. El _____ para la comedia empieza a las tres.

2. Ellos tuvieron que _____ la fecha de la boda.

3. Es necesario _____ este país para que pueda mejorar.

4. El gobernador _____ pronunció un discurso ayer.

5. Necesitamos _____ esas cantidades antes de sumarlas *(add)*.

6. Todos los estudiantes quieren _____ sobre ese tema.

7. Esos países no son _____; son colonias inglesas.

8. El ejército luchó contra la _____.

9. Ellos han hecho muchas _____ en su nueva casa.

10. El noticiero de las diez nos informa sobre los _____ del día.

11. Ese presidente no puede _____ este país porque no tiene el apoyo del pueblo.

12. Elsa no tiene dinero. Es una chica muy _____.

13. Cada día es mayor la _____ contra el gobierno.

14. Esos estudiantes no están _____ para el examen porque no estudiaron.

15. El grupo _____ atacó la ciudad ayer.

16. El _____ de mi sobrino fue el 5 de mayo. Nació a las diez de la mañana.

4. Crucigrama Complete el siguiente crucigrama.

Horizontal

2. Yo voy a _____ en estas elecciones.
6. Los actores tienen que _____ antes de actuar.
8. El gobierno de Cuba es una _____.
9. El petróleo es la mayor _____ de ingreso de Venezuela.
11. Ayer empezó la campaña _____.
14. dar una opinión
15. La mesa no es cuadrada, es _____.
18. Julio va a _____ para gobernador.
20. opuesto de **empeorar**
21. ocurrir
22. opuesto de **riqueza**

Vertical

1. No tiene dinero. Vive a _____ de su familia.
3. Para tener _____, hay que trabajar.
4. Llegamos a este país _____ poco.
5. opuesto de **atrasado**
6. El ejército dio un golpe de _____.
7. Esta es la _____ donde yo nací.
10. Este país necesita _____ extranjeras.
12. Él tuvo que hacerse _____ del trabajo.
13. No escuché el _____ del gobernador.
16. Él no lo dijo en serio; estaba _____.
17. Los trabajadores son nuestra _____ laboral.
19. Víctor Paz no es el gobernador, es el _____.

Viñetas culturales

5. Preguntas de comprensión Conteste las siguientes preguntas.

1. ¿Cómo llaman los mexicanos al Río Grande?

_____

2. ¿Dónde nace este río?

_____

3. ¿Quiénes cruzaban este río en tiempos de la esclavitud? ¿Qué buscaban?

_____

4. ¿Qué es la Tierra del Fuego?

_____

5. ¿A qué países pertenecen estas tierras?

_____

Estructuras y práctica

Usos de los verbos *ser* y *estar*

6. ¿*Ser* o *estar*? Complete las siguientes oraciones, usando el presente de indicativo de **ser** o **estar**. Indique la razón de cada elección con el número correspondiente.

Usos de *ser*

1. to identify the subject
2. to express an essential quality or characteristic
3. to indicate origin or nationality
4. to indicate the material that something is made of
5. to indicate relationship
6. with the preposition *para,* to indicate for whom something is destined
7. with time and dates
8. with impersonal expressions
9. to indicate an event that is taking place

Usos de *estar*

10. with the forms -*ando* and -*iendo*
11. to indicate location
12. with the past participle, to indicate the result of an action
13. to express a current condition
14. with personal reactions, to describe how a person or thing seems, looks, tastes, or feels

MODELO _____ Mis abuelos _____ de Valparaíso.

___3___ Mis abuelos ___son___ de Valparaíso

1. _____ Marcela _____ sentada en el aula.

2. _____ El vestido de Elsa _____ de poliéster.

3. _____ La conferencia _____ en la universidad.

4. _____ ¿Cómo _____ ella? ¿Bonita?

5. _____ Yo no puedo ir porque _____ enfermo.

6. _____ ¿Ellos _____ bromeando?

7. _____ Los libros _____ para Susana.

8. _____ ¿Quién _____ el gobernador?

9. _____ ¡Mmm! ¡La carne _____ muy rica hoy!

10. _____ Ella _____ la prima de Gustavo.

11. _____ ¿Dónde _____ la Tierra del Fuego?

12. _____ Nosotros _____ canadienses.

13. _____ Hoy _____ el 31 de marzo.

14. _____ _____ las tres de la tarde.

15. _____ _____ importante aprovechar el tiempo.

16. _____ Ese gato, ¿_____ vivo o muerto?

7. Quiero saber… Conteste las siguientes preguntas. Use *ser* o *estar* en sus respuestas, según sea necesario.

Modelo   La nacionalidad de Pablo. (chileno)
Él es chileno.
¿Han abierto la puerta? (sí / abierta)
Sí, está abierta.

1. ¿De qué material está hecho el reloj? (oro)

_____

2. ¿Ya puede salir Ana? (sí / lista)

_____

3. El país de origen de tus padres. (Venezuela)

_____

4. Quiero una descripción del señor Quintana. (moreno y bajo)

_____

5. ¿Dónde queda la oficina de correos? (en la calle Sexta)

_____

6. ¿Cómo se siente el niño? (todavía / enfermo)

_____

7. ¿A quién pertenecen _(belong)_ estos libros? (Teresa)

_____

8. La fecha de hoy. (trece de agosto)

_____

9. ¿Qué hace Luis? (lee un libro)

_____

10. ¿Qué dicen los profesores de Pedro? (dicen / muy listo)

_____

11. La hora. (ocho y cuarto)

_____

12. ¿Qué profesión tiene María? (abogada)

_____

13. ¿Sigue enferma Susana? (sí / mala todavía)

_____

14. La identidad de esa señorita. (Nora Vargas)

_____

15. ¿Por qué no viene Carlos a trabajar? (de vacaciones)

_____

Adjetivos y pronombres posesivos

8. Un mensaje electrónico Complete el siguiente mensaje usando los adjetivos posesivos que corresponden a los siguientes sujetos.

De: Nora Beltrán

A: Néstor Peña

Asunto: Lo que está pasando aquí.

Sara y yo vamos a tener la oportunidad de entrevistar a 1. _____ alcaldesa. Jorge y Aurelio van

a ir a Caracas con 2. _____ padres. Yo voy a aprovechar 3. _____ vacaciones para

visitar a 4. _____ familia. Mauricio y yo pensamos invitar a 5. _____ amigos a pasar

unos días en 6. _____ casa de campo. ¿Tú piensas ir a ver a 7. _____ suegros?

Escríbeme pronto,
Nora

---

9. Conversaciones breves Complete lo siguiente usando el equivalente español de las palabras que aparecen entre paréntesis.

1. —Mi bebé nace en octubre. ¿Cuándo nace _____, *(yours)* Sra. Rivas?

   — _____ *(mine)* nace en diciembre.

2. —Teresa tiene su informe, pero nosotros no tenemos _____ *(ours)*.

   —Jorge tampoco tiene _____ *(his)*.

3. —Yo tengo mi maleta aquí. ¿Tú tienes _____ *(yours)*?

   —No, _____ *(mine)* está en mi casa.

4. —Mis amigos son de Colombia.

   — _____ *(ours)* son de Venezuela.

5. —Nuestras bicicletas están en el garaje. ¿Dónde están las de ellos?

   — _____ *(theirs)* están en mi casa.

Pronombres de complemento directo e indirecto usados juntos

10. Dime una cosa... Conteste las siguientes preguntas, eligiendo siempre la segunda posibilidad y reemplazando los complementos directos por los pronombres correspondientes.

1. ¿Le pides dinero a tu papá o a tu mamá?

_____

2. ¿Nos vas a mandar la información por correo o por correo electrónico?

_____

3. ¿Me vas a devolver los libros esta tarde o mañana? (*Use la forma **tú**.*)

_____

4. ¿Le regalaste el libro a Felipe o a Gustavo?

_____

5. ¿Quién te trajo esa revista: Luis o Carlos?

_____

6. ¿Quién les compró a ustedes el escritorio: Eva o Rita?

_____

7. ¿A quién le diste los anuncios: a Jorge o a Rafael?

_____

8. ¿Cuándo me vas a comprar la cartera: hoy o mañana? (*Use la forma **usted**.*)

_____

Usos y omisiones de los artículos definidos e indefinidos

11. Yo te lo digo Subraye la forma correcta (con artículo o sin artículo) para completar las siguientes oraciones.

1. (Los hombres, Hombres) no son más inteligentes que (mujeres, las mujeres).
2. Me gusta (el café, café), pero no bebo (el café, café) todos los días.
3. Siempre me quito (los zapatos, mis zapatos) al llegar a casa.
4. (Los domingos, Domingos) vamos a (la iglesia, iglesia).
5. Ellos no hablan muy bien (el español, español). Por eso, siempre hablan (el francés, francés).
6. Buenos días, (la señorita, señorita) Ríos. ¿Cuándo regresa (el señor, señor) Peña? ¿(La semana, Semana) próxima?
7. Hoy es (el domingo, domingo).
8. Creo que (la educación, educación) es muy importante.

12. En español Complete con el equivalente español de las palabras que aparecen entre paréntesis. Preste atención al uso u omisión del artículo indefinido.

1. Mi sobrino es _____. *(a Spanish professor)*

2. Mi padre dice que él nunca _____. *(wears a hat)*

3. El salario de mi hijo es de _____ dólares por semana. *(a thousand)*

4. María trabaja de _____. *(a secretary)*

5. Rodolfo es _____ excelente. *(an engineer)*

6. Elba dice que va a comprar _____. *(another car)*

7. Yo soy _____. *(a Catholic)*

8. Necesito comprar _____ botella de leche. *(half a)*

El pretérito

13. Pasó ayer Cambie los verbos de las siguientes oraciones al pretérito.

1. Ellos traen las cartas, las traducen y las ponen en mi escritorio.

_____

2. ¿Él no hace el trabajo porque no quiere o porque no puede?

_____

3. Cierro la puerta, abro la ventana y salgo.

_____

4. Voy a la oficina porque tengo que trabajar y vuelvo a las cinco.

_____

5. Llego a las siete, empiezo a trabajar y estoy allí hasta las doce.

_____

6. Luis me pide dinero, yo le doy $100 y él me lo agradece mucho.

_____

7. Rafael viene a su casa, almuerza y lee el periódico.

_____

8. Elsa invita a Raúl a una fiesta. Él dice que no, pero ella no lo oye.

_____

9. Ellos cenan, se acuestan y duermen.

_____

10. En la librería busco dos o tres libros, elijo uno y lo pago.

_____

14. Una entrevista Conteste las siguientes preguntas, usando la información dada. Puede usar el complemento de objeto directo cuando sea apropiado.

1. ¿Cuándo supiste la noticia? (anoche)

_____

2. ¿Practicaste la lección de piano? (sí)

_____

3. ¿Apagaste la luz del cuarto? (sí)

_____

4. ¿A qué hora comenzaste a trabajar esta mañana? (a las ocho)

_____

5. ¿Tú condujiste el coche? (no, mis padres)

_____

6. ¿Qué pediste cuando fuiste al restaurante mexicano? (tamales)

_____

7. ¿Ustedes consiguieron libros en español? (no)

_____

8. ¿Cuántas personas murieron en el accidente? (nadie)

_____

El imperfecto

15. Conversaciones breves A estos diálogos les faltan los verbos. Complételos usted, usando el imperfecto de los verbos entre paréntesis.

1. —¿Dónde _____ (vivir) ustedes cuando _____ (ser) niños?

   — _____ (vivir) en Costa Rica.

   —¿Ustedes _____ (hablar) con sus padres en inglés o en español?

   — _____ (hablar) en inglés con ellos, pero nuestros amigos nos _____ (hablar) en español.

2. —¿Adónde _____ (ir) tú de vacaciones cuando _____ (ser) niña?

   — _____ (ir) a Viña del Mar. Me _____ (gustar) mucho la playa; además mis abuelos _____

   (vivir) allí, de modo que los _____ (visitar) todos los veranos.

3. —El señor Varela _____ (tocar) la guitarra cuando _____ (ser) joven, ¿no?

   —Sí, y también _____ (cantar) muy bien. _____ (tener) mucho talento.

4. —¿Tú _____ (trabajar) cuando _____ (estar) en la escuela secundaria?

   —No, no _____ (trabajar) porque _____ (tener) que estudiar mucho; además,

   mis padres me _____ (dar) todo el dinero que yo _____ (necesitar).

De todo un poco

16. En general… Dé el equivalente español de las palabras que aparecen entre paréntesis.

1. El gobierno debe _____ esos problemas inmediatamente si quiere _____. *(take charge of / succeed)*

2. _____ amigo Ernesto piensa _____ para alcalde en las próximas elecciones. *(Our / run)*

3. Alicia _____ Medellín, pero ahora vive en Bogotá porque _____ allí. *(is from / she is studying)*

4. El _____ estadounidense ama la libertad. *(people)*

5. Teresa _____ porque _____. *(she is not working / is on vacation)*

6. _____ familia vive en Venezuela. ¿Dónde vive _____, Carmen? *(My / yours)*

7. Ya tengo todos los libros que necesito. Mis padres _____. *(sent them to me)*

8. _____ necesita encontrar _____ apartamento. Ella espera que no cueste más de _____ dólares. *(Miss Vargas / another / a thousand)*

9. Quiero esta billetera. ¿Puede usted _____? *(wrap it up for me)*

10. Ayer yo _____, pero mi esposo _____. *(slept well / didn´t sleep at all)*

17. Frases útiles Conteste las siguientes preguntas, usando el equivalente español de las palabras entre paréntesis.

1. ¿Me preguntas dónde está el gobernador?

_____ (I have no idea.)

2. ¿Cuándo fue la última vez que lo vimos?

_____ (Frankly, I don´t remember.)

3. ¿Qué podemos hacer para tener éxito?

_____ (Let me think.)

4. Ada dice que la mesa redonda es el viernes, ¿verdad?

_____ (I think she is wrong.)

5. ¿Ayer hubo problemas con la campaña electoral?

_____ (I know nothing about that.)

6. ¿Dices que él piensa postularse para alcalde?

_____ (Are you sure?)

18. ¿Qué pasa aquí? Fíjese en estas ilustraciones y conteste las preguntas que siguen.

A

1. ¿Qué está haciendo Luis Vega?

_____

2. ¿Cuál es el tema?

_____

3. ¿Cree usted que su campaña electoral va a tener éxito?

_____

4. ¿Cómo lo sabe?

_____

5. ¿Se está postulando para gobernador?

_____

La semana pasada

Sí a los derechos humanos

¡No a la dictadura!

B

6. ¿Qué ocurrió la semana pasada?

_____

7. ¿Frente a qué edificio?

_____

8. ¿Contra qué estaba la gente?

_____

9. ¿Qué causa es importante para los manifestantes?

_____

C

Hace tres días...

Yo puedo ser el director.

Otros países invierten...

Miguel Paz

Jorge Vera

Nora Soto

Revolución

Agricultura

Luis Soto

10. ¿Hace poco que tuvieron la mesa redonda?

_____

11. ¿Quién quiere hacerse cargo de todo?

_____

12. ¿Qué opina Jorge Vera que es importante tener?

_____

13. Según Nora, ¿cuál es la principal fuente de ingresos?

_____

14. ¿Quién piensa que un golpe de estado es la solución?

_____

Actividades para escribir 25

A escribir

19. La semana pasada Escriba uno o dos párrafos sobre lo que usted hizo la semana pasada.

_____

_____

_____

_____

_____

_____

Lectura periodística

20. Las mujeres latinoamericanas hacen historia Conteste las siguientes preguntas sobre la lectura periodística de este capítulo.

1. ¿Cuántas mujeres han sido *(have been)* presidentas en Latinoamérica?

2. ¿Quién es la actual presidenta de Costa Rica?

3. Según este artículo, ¿cuándo votaron las mujeres costarricenses, por primera vez, en una elección nacional?

4. ¿Para qué tuvo que renunciar Laura Chinchilla a su cargo de vicepresidenta?

Rincón literario

21. ¿Verdadero o falso? Indique si las siguientes aseveraciones son verdaderas o falsas.

V F 1. Bertalicia Peralta es colombiana.

V F 2. Las obras de esta autora se han traducido a varios idiomas.

V F 3. Esta autora nunca ha escrito literatura infantil.

V F 4. En el poema, la autora dice que al explotador nadie le rinde homenaje cuando muere.

V F 5. Según la poetisa, el explotador nunca puede ejercer cargos diplomáticos.

V F 6. Según la poetisa, el explotador jamás sintió amor por los demás.

V F 7. En el poema se dice que cuando muere un revolucionario se decreta duelo nacional.

V F 8. En el poema se establece un contraste entre la forma en que se reacciona ante la muerte de los revolucionarios y la muerte de los explotadores.

ACTIVIDADES PARA ESCUCHAR

Estructuras

1. Usos de los verbos *ser* y *estar* Use **ser** or **estar** and the cues provided to make statements about Mario. The speaker will verify your responses. Repeat the correct answers. Follow the model.

MODELO   Mario / mi mejor amigo
                Mario es mi mejor amigo.

2. Adjetivos y pronombres posesivos I The speaker will tell you where different people put different things. Say where each object is, using the corresponding possessive adjective. The speaker will verify your responses. Repeat the correct answers. Follow the model.

MODELO   Yo pongo los documentos en la mesa.
                Mis documentos están en la mesa.

3. Adjetivos y pronombres posesivos II Answer the following questions, using the cues provided. The speaker will verify your responses. Repeat the correct answers. Follow the model.

MODELO   Mis hijos están de vacaciones en México. ¿Dónde están los tuyos, José? (en Chile)
                Los míos están en Chile.

4. Pronombres de complemento directo e indirecto usados juntos Answer the following questions in the affirmative, using the appropriate direct and indirect object pronouns. The speaker will verify your responses. Repeat the correct answers. Follow the model.

MODELO   ¿Me das la billetera?
                Sí, te la doy.

5. Usos y omisiones de los artículos definidos e indefinidos Answer the following questions, using the cues provided. Pay special attention to the use of the definite or indefinite article. The speaker will verify your responses. Repeat the correct answers. Follow the model.

MODELO   ¿Qué estación del año prefieres? (verano)
                Prefiero el verano.

6. El pretérito I The speaker will ask you some questions about what happened last week. Answer each question, using the cues provided. The speaker will verify your responses. Repeat the correct answers. Follow the model.

MODELO   ¿Dónde estuviste el viernes por la tarde? (en casa)
                Estuve en casa.

7. El pretérito II Answer the following questions, using the cues provided. The speaker will verify your responses. Repeat the correct answers. Follow the model.

MODELO   ¿Tú leíste el periódico? (No, Carlos)
                No, lo leyó Carlos.

8. El imperfecto Answer each question you hear, using the cues provided. The speaker will verify your responses. Repeat the correct answers. Follow the model.

MODELO ¿Qué idioma hablabas cuando eras niño? (inglés)
Hablaba inglés cuando era niño.

Pronunciación

9. Oraciones When you hear each number, read the corresponding sentence aloud. The speaker will then read the sentence correctly. Repeat it.

1. Están preparándose para representar a sus respectivos países.
2. La verdadera democracia no existe en muchos de nuestros países.
3. Los criollos aprovecharon la oportunidad para proclamar la república.
4. Gaspar Rodríguez de Francia estableció la primera tiranía en nuestras tierras.
5. Millones de mexicanos siguen emigrando por causas económicas.
6. Últimamente algunos países eligieron gobiernos populistas.

Comprensión

10. ¿Lógico o ilógico? You will hear some statements. Circle **L** if the statement is logical, and **I** if it is illogical. The speaker will confirm your answers. If a statement is illogical, the speaker will explain why.

1. L I   6. L I
2. L I   7. L I
3. L I   8. L I
4. L I   9. L I
5. L I   10. L I

11. Diálogos Pay close attention to the content of the four dialogues and also to the intonation and pronunciation patterns of the speakers. After each dialogue, answer the questions, omitting the subjects. The speaker will confirm your responses. Repeat the correct answers. Each dialogue will be read twice.

Listen to dialogue 1.
Now listen to dialogue 2.
Now listen to dialogue 3.
Now listen to dialogue 4.

A escribir

12. Tome nota You will now hear the 10 o'clock news on channel 4. First listen carefully for general comprehension. Then, as you listen a second time, fill in the information requested.

Chile:

Nombre del nuevo gobernador: _____

Nombre de la nueva alcaldesa: _____

Ciudad: _____

Venezuela:

Evento: _____

Ciudad: _____

Guatemala:

Arrestado: _____

Por: _____

Colombia:

Anuncio del presidente: _____

Ciudad donde se hizo el anuncio: _____

---

13. Dictado The speaker will read each sentence twice. After the first reading, write down what you have heard. After the second reading, check your work and fill in what you missed.

1. _____

2. _____

3. _____

4. _____

5. _____

6. _____

LECCIÓN 3

ACTIVIDADES PARA ESCRIBIR

Para hablar del tema

1. Palabras y más palabras Encierre en un círculo la palabra o frase que no pertenece a cada grupo.

1. aula   título   salón de clase
2. nivel   lugar   espacio
3. echar de menos extrañar   intercambiar
4. rico   pudiente   gratuito
5. necesito   por cierto   me hace falta
6. derecho   odontología   medicina
7. arquitectura   ingeniería   filosofía y letras
8. acercarse   inscribirse   ingresar
9. campo   profesor universitario   catedrático
10. maestría   preescolar   doctorado

2. Familia de palabras Encuentre el nombre, el verbo o el adjetivo que corresponde a cada una de las siguientes palabras.

1. nombre: *cambio*   verbo: _____   9. nombre: *graduación*   adjetivo: _____

2. nombre: *especialización* verbo: _____   10. verbo: *conocer*   nombre: _____

3. nombre: *educación*   verbo: _____   11. nombre: *mejoramiento*   verbo: _____

4. verbo: *estudiar*   adjetivo: _____ 12. nombre: *interés*   adjetivo: _____

5. nombre: *subsidio*   adjetivo: _____ 13. verbo: *nivelar*   nombre: _____

6. verbo: *organizar*   adjetivo: _____ 14. nombre: *trabajo*   adjetivo: _____

7. adjetivo: *diferente*   nombre: _____   15. nombre: *requerimiento*   adjetivo: _____

8. nombre: *preparación*   adjetivo: _____

3. Para completar Ahora complete las siguientes oraciones, usando las palabras encontradas en el ejercicio anterior.

1. En Latinoamérica, muchos hospitales son _____ por el gobierno.

2. La mayoría de mis estudiantes son inteligentes y muy _____.

3. Los estudiantes _____ toman clases muy avanzadas.

4. Los maestros que _____ a nuestros hijos merecen nuestro respeto y nuestro apoyo.

5. Algunas de las clases _____ son inglés, matemáticas y ciencias sociales.

6. Vimos muchos lugares _____ cuando visitamos Europa.

7. Yo quiero ser enfermera. Pienso _____ en biología.

8. Los candidatos deben tener _____ de computadoras y ser bilingües.

9. Tengo una secretaria eficiente y muy _____. Realmente tiene un lugar para cada cosa y una cosa para cada lugar.

10. Tengo que estudiar mucho para _____ mis notas.

11. Muchos estudiantes no están _____ para empezar a trabajar cuando terminan sus estudios.

12. Hay diferentes _____ en las escuelas secundarias.

13. Ellos son muy _____; trabajan por lo menos cincuenta horas por semana.

14. ¿Cuál es la _____ entre los dos sistemas de educación?

15. Ella quería ser médica, pero _____ de idea. Ahora dice que quiere ser abogada.

4. Crucigrama Complete el siguiente crucigrama.

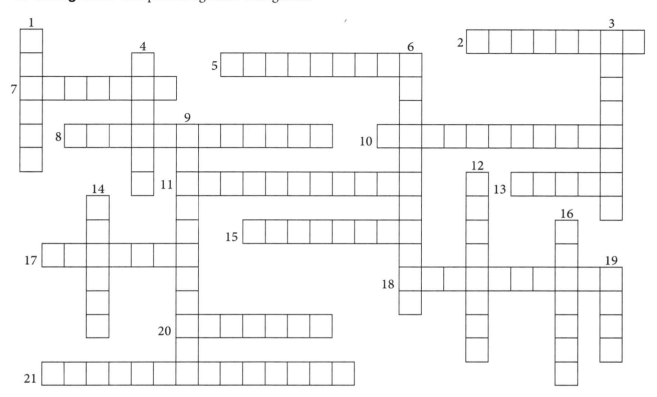

Horizontal

2. *Master's*, en español

5. *Ph.D.*, en español

7. lugar

8. Los futuros arquitectos asisten a la facultad de _____.

10. anotarse para una clase

11. profesor universitario

13. Me hace _____ dinero.

15. que no hay que pagar

17. del estado

18. Los futuros ingenieros asisten a la facultad de _____.

20. acción de ingresar

21. tener una especialización

Vertical

1. ciertamente: por _____

2. entrar (en la universidad)

4. lo que se obtiene al terminar la universidad

6. Los futuros dentistas asisten a la facultad de _____.

9. Luis asiste a una escuela _____.

12. que tiene mucho dinero

14. Asiste a la facultad de filosofía y _____.

16. Los futuros abogados asisten a la facultad de _____.

19. La clase de historia es en el _____ 32.

Viñetas culturales

5. Comprensión Indique si las siguientes oraciones son verdaderas o falsas.

V   F   **1.** En Colombia, la guerra empuja a los campesinos hacia las ciudades.
V   F   **2.** En Bogotá hay más escuelas públicas de las que la ciudad necesita.
V   F   **3.** El subsidio a las escuelas privadas fue algo transitorio.
V   F   **4.** Hace más de cuarenta años que hay guerra civil en Colombia.
V   F   **5.** La Universidad de Salamanca es muy moderna.
V   F   **6.** En la Universidad de Salamanca hay muchos estudiantes extranjeros.

Estructuras y práctica

Verbos que requieren una construcción especial

6. Cosas que pasan Complete las siguientes oraciones de una manera lógica, usando los verbos de la lista y los pronombres de complemento indirecto correspondiente.

| quedar | gustar | doler | faltar | encantar |

1. Voy a tomar dos aspirinas porque _____.

2. Elena no come vegetales porque _____.

3. Nosotros teníamos treinta dólares y gastamos doce. _____.

4. Pasan horas contemplando las pinturas de Goya. ¡_____!

5. Caminaste todo el día y por eso _____.

6. El vestido cuesta cien dólares y usted solo tiene sesenta y cinco. No puede comprarlo porque _____.

7. Ellos toman mucho café porque _____.

8. Tenías tres semanas de vacaciones y ya pasaron dos semanas. Solo _____.

9. Todas las noches voy a bailar y no vuelvo a mi casa hasta muy tarde. ¡_____!

10. Necesito diez dólares para comprar el libro y solo tengo nueve. _____.

El pretérito contrastado con el imperfecto

7. Esteban recuerda... Complete lo que dice Esteban, usando el pretérito o el imperfecto de los verbos que aparecen entre paréntesis.

1. Cuando Eva y yo _____ (ser) chicos, _____ (vivir) en California. En la escuela nosotros

   siempre _____ (hablar) inglés, pero nuestros padres _____ (insistir) en hablar español

   con nosotros. Yo _____ (tener) veinte años cuando mi familia y yo _____ (volver) a

   Bogotá.

2. Mi primera novia _____ (ser) alta y rubia y _____ (tener) ojos azules. Ella y yo nos

_____ (conocer) cuando _____ (estar) en la escuela secundaria.

3. _____ (Ser) las ocho cuando yo _____ (llegar) a casa ayer. Mi mamá me

_____ (decir) que ella _____ (necesitar) comestibles. Yo _____ (ir) al

supermercado y _____ (comprar) muchas cosas.

4. Anoche mi hermana no _____ (poder) ir a la fiesta porque _____ (sentirse) mal. (Ella)

no _____ (dormir) bien porque le _____ (doler) la cabeza toda la noche.

5. Cuando yo _____ (salir) de casa esta mañana, _____ (hacer) frío y _____

(llover). Yo _____ (ir) a la biblioteca cuando _____ (ver) un accidente en la calle

Obispo. Por suerte, nadie _____ (morir).

Verbos que cambian de significado en el pretérito

8. La verdad es que... Encierre en un círculo la forma correcta del verbo.

1. Ayer (conocí, conocía) a la mamá de Eva.
2. Yo no (quise, quería) venir a clase, pero vine.
3. Anoche (sabía, supe) que teníamos examen hoy.
4. Roberto no (quiso, quería) ir a la biblioteca. Se quedó en su casa.
5. Claudia no (conoció, conocía) a Daniel. Se lo presentaron ayer.
6. Ellos no (podían, pudieron) comprar la casa.
7. ¡Tú (supiste, sabías) que teníamos que inscribirnos hoy!
8. Al principio yo no (podía, pude) entender la materia, pero ahora la encuentro fácil.

Los pronombres relativos

9. En la universidad Complete lo siguiente, usando el equivalente español de las palabras que aparecen entre paréntesis.

1. El profesor _____ quería tomar no va a enseñar este semestre y a mí no me gusta el otro profesor

_____ la misma asignatura. *(whose class / who teaches)*

2. La chica _____ estudio prometió prestarme los libros _____. *(with whom / that I need)*

3. La catedrática _____ ganaron el concurso fue elegida profesora del año. *(whose students)*

4. Todos los estudiantes _____ te hablé asistieron a la conferencia _____ dio el
Dr. Fuentes. *(about whom / that)*

5. El estudiante _____ la nota más alta va a recibir una beca. *(who got)*

10. El tiempo pasa... Conteste las preguntas que siguen, usando la información dada.

1. ¿Cuánto tiempo hace que tú vives en esta ciudad? (diez años)
2. ¿Cuánto tiempo hace que empezaste a estudiar en esta universidad? (un año y medio)
3. ¿Cuánto tiempo hacía que Anabel y Fernando se conocían cuando se casaron? (un año)
4. ¿Cuánto tiempo hacía que Estela estudiaba cuando obtuvo el doctorado? (nueve años)
5. ¿Cuánto tiempo hace que Daniel se graduó? (seis meses)
6. ¿Cuánto tiempo hace que tú estás haciendo este ejercicio? (tres minutos)

De todo un poco

11. En general... Complete lo siguiente, usando el equivalente español de las palabras que aparecen entre paréntesis.

1. _____ la universidad estatal. *(My parents like better)*

2. _____ esas ciudades. *(We love)*

3. Necesito cien dólares. _____ veinte dólares. *(I lack)*

4. _____ las nueve cuando _____ a mi casa ayer. Mi hermano _____ que _____ dinero. *(It was / I arrived / told me / he needed)*

5. Cuando Elsa _____, ella y sus padres _____ a los Estados Unidos. *(was ten years old / came)*

6. Yo _____ a la fiesta anoche porque _____ la cabeza. *(didn't go / hurt)*

7. Nosotros _____ a la mamá de Sergio; _____ anoche, en la fiesta. *(didn't know / we met her)*

8. La señora _____ están pasando unos días con nosotros _____ por teléfono ayer. *(whose sons / called us)*

9. El catedrático _____ esas clases de sociología _____ un libro sobre la Guerra Civil en España. *(who used to teach / wrote)*

12. Frases útiles Complete lo siguiente, usando los equivalentes españoles de las palabras que aparecen entre paréntesis.

1. A Sergio no le interesa tener una carrera. _____, Marisa quiere un título universitario. *(On the other hand)*

2. _____ mis padres, lo mejor es asistir a la facultad de ciencias económicas. *(According to)*

3. Alexandra saca A en todos sus exámenes. _____ que estudia mucho. *(It's obvious)*

4. _____ que muchos estudiantes trabajan mientras asisten a la universidad. *(One has to keep in mind)*

5. Un taller *(workshop)* _____ clase. *(is a kind of)*

13. ¿Qué pasa aquí? Fíjese en estas ilustraciones y conteste las preguntas que siguen.

A

1. La escuela a la que asiste Laura, ¿es pública o privada?

_____

2. ¿Usted cree que Laura estudia religión en la escuela?

_____

3. ¿Cómo lo sabe?

_____

4. ¿Los padres de Laura son gente pudiente o gente pobre?

_____

B

5. ¿En qué nivel está Tomás?

_____

6. ¿En qué nivel está Norma?

_____

7. ¿En qué nivel está Lucio?

_____

8. ¿Usted cree que estos niños son mexicanos o estadounidenses?

_____

C

9. ¿La escuela de Marta cuesta dinero o es gratuita?

_____

10. ¿Marta va a tomar todos los requisitos antes de ingresar en la universidad?

_____

11. ¿Cuánto tiempo le falta a Marta para terminar la "prepa"?

_____

D

12. ¿De qué país son los dos estudiantes?

_____

13. ¿Cuántos años tenía Eva cuando vino a Lima?

_____

14. ¿Le gusta Lima?

_____

15. ¿Cuánto tiempo hace que Roberto está en Lima?

_____

16. ¿Cuál de estos estudiantes es del sur de España?

_____

38 LECCIÓN 3

A escribir

14. Cuando estaba en la escuela... Escriba un diálogo entre usted y un(a) amigo(a) en el que comentan las experiencias que tuvieron en la escuela secundaria.

_____

_____

_____

_____

_____

_____

Lectura periodística

15. Genios trabajando Conteste las siguientes preguntas sobre la lectura periodística de este capítulo.

1. Según la autora del artículo, ¿qué pone en riesgo la pérdida de cerebros de este país?

2. ¿Cuántos años tenía Kunz cuando comenzó a diseñar programas de software?

3. ¿Dónde estudió Kunz?

4. ¿Qué se pregunta Kunz cada vez que le piden que entrene a alguien de la India?

5. ¿Qué decidió Jia cuando pensó en sacar un doctorado en Harvard?

Rincón literario

16. ¿Verdadero o falso? Indique si las siguientes aseveraciones son verdaderas o falsas.

V F **1.** Pedro Antonio de Alarcón escribió para periódicos.

V F **2.** Una de las novelas mas famosas de Alarcón es *El sombrero de tres picos*.

V F **3.** En *¡Y va de exámenes!* los estudiantes tratan de prepararse para los exámenes.

V F **4.** Algunos estudiantes se sienten muy seguros de que les va a ir bien.

V F **5.** Todos los estudiantes saben que van a aprobar los exámenes.

V F **6.** Solamente un profesor enfrenta a los estudiantes.

V F **7.** Uno de los profesores dice que los hijos de sus colegas son siempre los mejores alumnos.

V F **8.** El estudiante de medicina piensa que hay que hacer sudar a un paciente que tiene fiebre.

V F **9.** Los nervios hacen sudar al profesor.

V F **10.** El estudiante le dice al profesor que nada puede ayudar al paciente afiebrado.

ACTIVIDADES PARA ESCUCHAR

Estructuras y práctica

1. Verbos que requieren una construcción especial Say what each of the persons mentioned likes, using the cues provided. The speaker will verify your responses. Repeat the correct answers. Follow the model.

MODELO   al profesor (ese cuadro)
          Al profesor le gusta ese cuadro.

2. El pretérito contrastado con el imperfecto Answer the following questions by saying what you used to do when you were a child, and what you did yesterday. Use the cues provided. Pay special attention to the use of the imperfect and the preterit. The speaker will verify your responses. Repeat the correct answers. Follow the model.

MODELO   ¿A qué hora se levantaba usted? (a las ocho)
          Me levantaba a las ocho.
          ¿A qué hora se levantó usted ayer? (a las siete)
          Me levanté a las siete.

3. Verbos que cambian de significado en el pretérito Answer the questions, using the cues provided. Notice the use of the preterit and the imperfect. The speaker will verify your responses. Repeat the correct answers. Follow the model.

MODELO   ¿Tú conocías a la profesora? (no)
          No, yo no la conocía.

4. Los pronombres relativos Answer the following questions, using the cues provided. Pay special attention to the use of the relative pronouns. The speaker will verify your responses. Repeat the correct answers. Follow the model.

MODELO   ¿Quién es el señor que vino ayer? (mi padre)
          El señor que vino ayer es mi padre.

5. Expresiones de tiempo con *hacer* Answer each question you hear, using the cues provided. The speaker will verify your responses. Repeat the correct answers. Follow the model.

MODELO   ¿Cuánto tiempo hace que usted estudia español? (un año y medio)
          Hace un año y medio que yo estudio español.

Pronunciación

6. Oraciones When you hear the number, read the corresponding sentence aloud. The speaker will then read the sentence correctly. Repeat it.

1. La tercera parte de todos los estudiantes va a escuelas privadas.
2. Estudié en una escuela pública en Guadalajara.
3. Allá el sistema educacional tiene tres niveles.
4. En nuestros países tomamos los requisitos en la secundaria.
5. Yo estuve allí el año pasado y me gustó muchísimo.
6. La conferencia del doctor Villarreal empieza a las dos.

Comprensión

7. ¿Lógico o ilógico? You will hear some statements. Circle **L** if a statement is logical, and **I** if it is illogical. The speaker will confirm your answers. If a statement is illogical, the speaker will explain why.

1. L I	**7.** L I
2. L I	**8.** L I
3. L I	**9.** L I
4. L I	**10.** L I
5. L I	**11.** L I
6. L I	**12.** L I

8. Diálogos Pay close attention to the content of the four dialogues, and also to the intonation and pronunciation patterns of the speakers. After each dialogue, answer the questions, omitting the subjects. The speaker will confirm your responses. Repeat the correct answers. Each dialogue will be read twice.

Listen to dialogue 1.
Now listen to dialogue 2.
Now listen to dialogue 3.
Now listen to dialogue 4.

A escribir

9. Tome nota You will now hear an announcement for summer courses. First listen carefully for general comprehension. Then, as you listen for a second time, fill in the information requested.

Nombre: _____

Preparación para ingresar en la facultad de _____

Las clases comienzan: _____

Pueden matricularse del _____ al _____ de _____.

Cursos que se ofrecen:

1. _____

2. _____

3. _____

4. _____

5. _____

6. _____

Horario de clases:

Días: De _____ a _____

Horas: De _____ a _____

Dirección del instituto: _____

Número de teléfono: _____

10. Dictado The speaker will read each sentence twice. After the first reading, write down what you have heard. After the second reading, check your work and fill in what you missed.

1. _____

2. _____

3. _____

4. _____

5. _____

6. _____

LECCIÓN 4

ACTIVIDADES PARA ESCRIBIR

Para hablar del tema

1. Palabras y más palabras Conteste lo siguiente usando palabras del vocabulario.

1. ¿Qué animal corre muy rápido y tiene orejas muy grandes?

_____

2. ¿Qué se le pone al caballo en las patas?

_____

3. ¿Qué hoja trae buena suerte?

_____

4. ¿Qué animal matan en las corridas?

_____

5. ¿Qué les traen los Reyes Magos a los niños?

_____

6. ¿Qué trae mala suerte si pasamos por debajo de ella?

_____

7. ¿Qué viene antes del día de Navidad?

_____

8. ¿Qué celebramos el 31 de octubre?

_____

9. ¿Qué es Virgo?

_____

10. ¿Qué es una mujer que practica la magia negra?

_____

2. Familia de palabras Encuentre el nombre, el verbo o el adjetivo que corresponde a las siguientes palabras.

1. adjetivo: *adornado*   nombre: _____

2. nombre: *costumbre*   adjetivo: _____

3. verbo: *negar*   nombre: _____

4. verbo: *jugar*   nombre: _____

5. verbo: *decidir*   nombre: _____

6. nombre: *ayuda*   verbo: _____

7. nombre: *superstición*   adjetivo: _____

8. verbo: *herrar*   nombre: _____

9. verbo: *celebrar*   nombre: _____

10. verbo: *correr*   nombre: _____

11. adjetivo: *encantado*   verbo: _____

12. verbo: *preocuparse*   adjetivo: _____

3. Para completar Ahora, complete las siguientes oraciones, usando las palabras encontradas en el ejercicio anterior.

1. Necesitamos tomar una _____ antes de comprar la casa.

2. Ayer compré los _____ para el árbol de Navidad.

3. No nos gusta ir a ver las _____ de toros.

4. Carlos está muy _____ porque tiene muchos problemas.

5. Los chicos no están _____ a quedarse solos en la casa.

6. Silvia es una persona muy _____. Siempre lleva una pata de conejo en la bolsa.

7. Le compré muchos _____ a la niña para su cumpleaños.

8. El Día de Acción de Gracias es una _____ típica de los Estados Unidos.

9. A nosotros nos _____ viajar por el Caribe.

10. No me dieron una afirmación; al contrario, me dieron una _____.

11. Le voy a poner _____ a mi caballo.

12. Mis hermanos siempre me _____ cuando tengo que trabajar.

4. Crucigrama Complete el siguiente crucigrama.

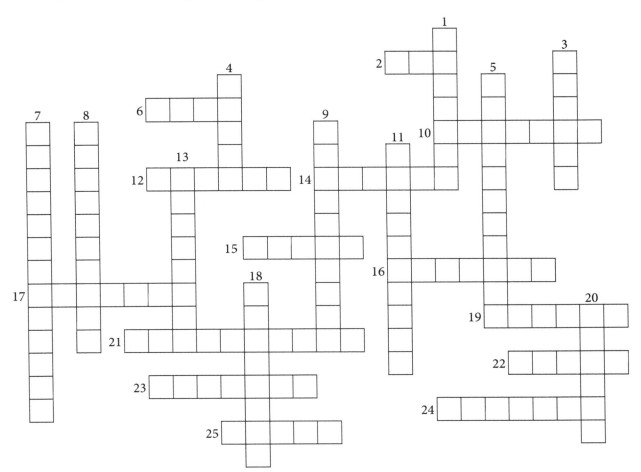

Horizontal

2. No creo en el mal de _____.

6. David Copperfield es un _____ famoso.

10. Hoy vamos a _____ el árbol de Navidad.

12. La niña está _____ de la puerta.

14. Ella tiene una pata de _____ en su bolsa.

15. Nosotros fuimos a la _____ de San Fermín.

16. diablo

17. Los chicos corrieron _____ de los toros.

19. Todo le sale mal. Tiene mala _____.

21. El 14 de febrero es el Día de los _____.

22. Los _____ Magos vienen el 5 de enero.

23. El Día de Acción de _____ se celebra en los Estados Unidos y en Canadá.

24. No estoy de _____ con ellos.

25. Ese hombre practica la _____ negra.

Vertical

1. Leo es un signo del _____.

3. Nunca paso por _____ de una escalera.

4. Eva le va a _____ el pelo a su amigo.

5. Las _____ de Sevilla son muy famosas.

7. El 4 de julio se celebra la _____ de los Estados Unidos.

8. Los _____ de Brasil son muy famosos.

9. pesebre

11. Voy a ponerle las _____ a mi caballo.

13. Necesito una _____ de mano.

18. En la Feria de San Fermín hay _____ de toros.

20. Jorge encontró un _____ de cuatro hojas.

Viñetas culturales

5. Comprensión Complete lo siguiente apropiadamente.

1. Las posadas son fiestas tradicionales _____ que se celebran hace cuatro _____.

2. Las posadas duran _____ días.

3. Las posadas empiezan el 16 de _____.

4. Los invitados a las posadas se dividen en _____ grupos; unos están _____ de la casa y otros están afuera.

5. En la posada del día 24, primero se va a la _____ y luego, con la _____, se celebra el final de las posadas y el nacimiento de _____.

Estructuras y práctica

Comparativos de igualdad y de desigualdad

6. Vamos a comparar Complete las siguientes oraciones con el equivalente español de las palabras que aparecen entre paréntesis.

1. Este pesebre es _____ el otro. *(as small as)*

2. Yo tengo _____ tú. *(as much money as)*

3. Los carnavales de Nueva Orleáns son _____ los de Brasil. *(as famous as)*

4. Yo soy _____ mi hermano. *(older than)*

5. Este hotel es _____ todos. *(the best of)*

6. Ellos gastan _____ yo. *(much more money than)*

7. Mi hermana es _____ yo. *(younger than)*

8. Mi hijo no tiene _____ el tuyo. *(as many toys as)*

9. Ella es _____ la clase. *(the most intelligent in)*

10. Ellos trabajaron _____ tú. *(as much as)*

11. Carlos es _____ la familia. *(the tallest in)*

12. Este restaurante es _____ todos. *(the worst of)*

Usos de las preposiciones *por* y *para*

7. Frases lógicas Complete las siguientes oraciones con frases en las que utilice **por** o **para**.

1. Quiero una herradura y tú tienes dos. Te doy diez pesos _____.

2. Como me gusta mucho la gente de México y me encanta ese hermoso país, mañana mismo salgo _____.

3. No tenía un árbol de Navidad en mi casa. Compré este árbol de Navidad _____.

4. El chico tiene once años y mide cinco pies y seis pulgadas; es muy alto _____.

5. No es estadounidense, pero habla tan bien el inglés que lo tomaron _____.

6. Tito solo piensa en Carmen. Está loco _____.

7. Tenemos un mes de vacaciones y queremos pasarlo en Puerto Rico. Vamos a quedarnos en Puerto Rico _____.

8. Como la puerta no estaba abierta, yo _____.

9. Llovía muchísimo. No pudimos ir a clase _____.

10. Queríamos ver tu casa nueva, de modo que anoche pasamos _____.

11. Ahora que tiene teléfono, Juan siempre me llama _____.

12. No quiero escribir las cartas a mano, de modo que voy a usar la computadora _____.

13. La velocidad máxima en la autopista es de 65 _____.

14. ¿Así que te dieron el puesto? Pues me alegro mucho _____.

15. Él está muy enfermo. Su padre fue _____.

16. Es el cumpleaños de Rita. El regalo es _____.

17. *Don Quijote* fue escrito _____.

18. Ya son las cinco y no hemos terminado el trabajo. El trabajo todavía está _____.

8. Comentarios Complete lo siguiente usando el equivalente español de las palabras que aparecen entre paréntesis.

1. Nunca te vemos _____. *(around here)*

2. Necesito _____ cien mil pesos. *(at least)*

3. Tengo que poner el pesebre. _____, mi hermana me va a ayudar. *(Luckily)*

4. Me voy a quedar en Santiago _____. *(forever)*

5. Se me olvidó _____ que hoy tenía que adornar el árbol. *(completely)*

6. Se puso furioso porque no fui con él a la feria. ¡_____! *(It wasn't that important!)*

7. _____, hubo un accidente durante la corrida de toros. *(Unfortunately)*

8. Mario se enojó *(got mad)* con nosotras _____.*(without rhyme or reason)*

9. Elba es muy supersticiosa. _____, nunca pasa por debajo de una escalera. *(For that reason)*

10. ¡_____ terminamos este ejercicio! *(At last)*

El modo subjuntivo

9. Para repasar Complete lo siguiente, usando el presente del subjuntivo.

1. que yo

_____ (notar)

_____ (almorzar)

_____ (hacer)

_____ (volver)

_____ (abrir)

2. que tú

_____ (poder)

_____ (ir)

_____ (saber)

_____ (dormir)

_____ (negar)

3. que él (ella, usted)

_____ (pedir)

_____ (seguir)

_____ (comenzar)

_____ (tener)

_____ (dar)

4. que nosotros(as)

_____ (decir)

_____ (mentir)

_____ (querer)

_____ (servir)

_____ (ver)

5. que ellos(as), Uds.

_____ (conocer)

_____ (estar)

_____ (ser)

_____ (buscar)

_____ (llegar)

El subjuntivo con verbos o expresiones de voluntad o deseo

10. Consejos y sugerencias Complete las siguientes oraciones, usando el infinitivo o el subjuntivo, según corresponda.

1. Jorge quiere que nosotros _____ (ir) a la iglesia el Domingo de Ramos.

2. Es importante que ustedes _____ (estar) de acuerdo.

3. Es necesario _____ (ayudar) a los pobres.

4. Nosotros no les prohibimos que _____ (salir) con Gerardo.

5. Es conveniente que tú _____ (saber) cuáles son tus derechos.

6. Luis nos pide que _____ (invitar) a sus amigos.

7. Es importante _____ (evitar) esos problemas.

8. Ellos nos aconsejan que nos _____ (hacer) miembros de ese club.

9. Es mejor _____ (dar) la fiesta un sábado.

10. Mis padres no me permiten _____ (ir) a la feria sola.

11. Yo les sugiero que _____ (cambiar) de actitud.

12. Nosotros les recomendamos que _____ (ver) las procesiones de Semana Santa.

El subjuntivo con verbos o expresiones impersonales de emoción

11. Emociones Vuelva a escribir las siguientes oraciones, usando en las cláusulas subordinadas el sujeto que aparece entre paréntesis. Siga el modelo.

Modelo Lamento no poder ir a la corrida de toros con ustedes. (que Eva)
Lamento que Eva no pueda ir a la corrida de toros con ustedes.

1. Temo no poder ayudarlos a adornar el árbol. (que mi hijo)

_____

2. Me alegro mucho de estar aquí. (que mis amigos)

_____

3. Es una lástima no poder celebrar el Día de Acción de Gracias con mi familia. (que yo)

_____

4. Esperamos estar en tu apartamento a las tres. (que Ernesto)

_____

5. Sienten tener que negarse. (que nosotros)

_____

6. Es lamentable no poder comprarles juguetes. (que tú)

_____

7. Lamento no estar con ustedes hoy. (que ellos)

_____

8. Es una suerte vivir cerca de la familia. (que tú)

_____

12. En general... Dé el equivalente español de las palabras que aparecen entre paréntesis.

1. Irma, por favor, cuando yo llegue tarde, _____. *(don´t worry)*

2. Nosotros _____ en ir juntos a la feria. *(agreed)*

3. Mis hermanos _____ la universidad en verano. *(don´t attend)*

4. Yo tengo _____ tú. *(as many amulets as)*

5. Mis amigos estudian mucho, pero yo estudio _____. *(as much as they do)*

6. El pesebre cuesta _____ cien dólares, y yo tengo _____ noventa dólares. *(more than / less than)*

7. Marta es muy bonita. Es _____ su familia. *(the prettiest in)*

8. Necesito el vestido _____ el sábado _____ la mañana. *(for / in)*

9. Compré una mesa y una silla _____ mi cuarto, y pagué cien dólares _____ las dos. *(for / for)*

10. Mi mamá _____ al cine con mis hermanos. Yo espero que ellos _____. *(wants me to go / arrive early)*

11. Les aconsejo que ustedes _____ hoy, y siento mucho que Rafael _____. *(travel / can't go)*

12. _____ que nosotros podamos ir a ver las procesiones, y que mis padres _____. *(it's to be hoped / go with us)*

13. Frases útiles Dé el equivalente español de lo que aparece entre paréntesis.

1. Yo conocía algunas costumbres. _____ las procesiones y los pesebres. *(The ones that are new to me are)*

2. El 9 de julio _____ la independencia de Argentina. *(is celebrated)*

3. _____, yo soy un poco supersticiosa. *(To tell the truth)*

4. Todas las celebraciones son interesantes, pero la Navidad y el Día de Acción de Gracias son _____. *(the ones I like best)*

5. _____ están el Día de la Independencia y el Día del Trabajo. *(Among the most important celebrations)*

6. Me gustan todas las flores, pero _____ las orquídeas y las rosas. *(my favorite ones are)*

7. Los supersticiosos creen que hay muchas cosas que traen mala suerte. _____ pasar por debajo de una escalera y estar cerca de un gato negro. *(Some that I can mention are)*

14. ¿Qué pasa aquí? Fíjese en estas ilustraciones y conteste las preguntas que siguen.

A

1. ¿Qué tienen en común Paco, Nora, Eva y Tito?

   _____

2. ¿Qué se niega a hacer Paco?

   _____

3. ¿Qué cree Nora que le va a traer buena suerte?

   _____

4. ¿Qué encontró Eva?

   _____

5. ¿Por qué está preocupado Tito?

   _____

6. ¿Qué cree usted que él piensa que va a tener?

   _____

B

7. ¿Qué celebran Jorge y su familia hoy?

   _____

8. ¿Qué se ha puesto a hacer Jorge?

   _____

9. ¿Qué les van a traer los tres Reyes Magos a los niños?

   _____

10. ¿Jorge y su familia piensan poner un pesebre?

   _____

Actividades para escribir 51

Marisol

31 OCTUBRE

C

11. ¿Qué se celebra hoy?

_____

12. ¿Marisol está pensando en un signo del zodíaco? ¿En cuál?

_____

13. ¿Marisol cree en el "mal de ojo"?

_____

A escribir

15. Un mensaje Un amigo de usted, que es de México, está de visita en su casa, y le manda un mensaje electrónico a su familia, hablándole de las costumbres y tradiciones de este país. Escriba el mensaje que usted supone que él escribiría.

_____

_____

_____

_____

_____

_____

Lectura periodística

16. Tradición española Conteste las siguientes preguntas sobre la lectura periodística de este capítulo.

1. ¿Cuál es una de las fiestas populares más antiguas del mundo?
2. ¿Qué hacen todo el pueblo de Pamplona y sus huéspedes durante los siete días que dura la feria?
3. ¿En qué calle esperan muchos jóvenes los toros?
4. ¿Qué les sucede, muchas veces, a muchos de los jóvenes que corren delante de los toros?
5. ¿Qué ropa _(clothes)_ usan los jóvenes durante la feria?

Rincón literario

17. ¿Verdadero o falso? Indique si las siguientes aseveraciones son verdaderas o falsas.

V F **1.** María Teresa Babín, además de escritora, es profesora.

V F **2.** El cuento *Día de Reyes* es autobiográfico.

V F **3.** En los países hispanos los niños reciben los juguetes de los Reyes Magos.

V F **4.** La niña de la historia cree que los Reyes entran por la chimenea.

V F **5.** La noche del 5 de enero la niña dormía tranquilamente toda la noche.

V F **6.** Cuando la protagonista de la historia tenía 7 años, una amiga le dijo la verdad sobre los Reyes Magos.

V F **7.** La niña hizo lo mismo con otros niños.

V F **8.** Según la autora, las muñecas de trapo son las que enseñan a las niñas a ser madres.

ACTIVIDADES PARA ESCUCHAR

Estructuras y práctica

1. Comparativo de igualdad y desigualdad Use the cues provided to make comparisons between the two elements, always starting with the first element. The speaker will verify your response. Repeat the correct answer. Follow the model.

Modelo   el hotel Hilton / el Motel Seis / caro
El hotel Hilton es más caro que el Motel Seis.

2. Usos de las preposiciones *por* y *para* Answer each question you hear, using the cues provided and either *por* or *para*. The speaker will verify your responses. Repeat the correct answers. Follow the model.

Modelo   ¿Cómo hablaste con él? (teléfono)
Hablé con él por teléfono.

3. El modo subjuntivo Respond to each of the following statements with a recommendation, using the cues provided. The speaker will verify your responses. Repeat the correct answers. Follow the model.

Modelo   Me duele la cabeza. (tomar aspirinas)
Le recomiendo que tome aspirinas.

4. El subjuntivo con verbos o expresiones de voluntad o deseo The speaker will ask you some questions. Answer them, using the cues provided. The speaker will verify your responses. Repeat the correct answers.

Modelo   ¿A qué hora quieres que vengamos? (a las seis)
Quiero que vengan a las seis.

5. El subjuntivo con verbos o expresiones impersonales de emoción Change each sentence you hear, using the cues provided. The speaker will verify your responses. Repeat the correct answers. Follow the model.

MODELO   Dora está enferma. (es una lástima)
Es una lástima que Dora esté enferma.

Pronunciación

6. Oraciones When you hear the number, read the corresponding sentence aloud. The speaker will then read the sentence correctly. Repeat it.

1. Ahora deciden descansar un rato.
2. Los niños de los países hispanos creen en los Reyes Magos.
3. Vi las procesiones y también estuve en la Feria de Sevilla.
4. Mi hermano corrió delante de los toros.
5. Cuando rompiste un espejo, casi te dio un ataque al corazón.
6. Confieso que soy tan supersticiosa como él.

Comprensión

7. ¿Lógico o ilógico? You will hear some statements. Circle **L** if a the statement is logical, and **I** if it is illogical. The speaker will confirm your answers. If a the statement is illogical, the speaker will explain why.

1. L I   7. L I
2. L I   8. L I
3. L I   9. L I
4. L I   10. L I
5. L I   11. L I
6. L I   12. L I

8. Diálogos Pay close attention to the content of the dialogues and the narration, and also to the intonation and pronunciation patterns of the speakers. After each dialogue and the narration, answer the questions, omitting the subjects. The speaker will confirm your responses. Repeat the correct answers. The dialogues and the narration will be read twice.

Listen to dialogue 1.
Now listen to dialogue 2.
Now listen to the narration.
Now listen to dialogue 3.

A escribir

9. Tome nota You will now hear a student give an informal presentation about customs in his country. First listen carefully for general comprehension. Then, as you listen for a second time, fill in the information requested.

Nombre del estudiante: _____

País del estudiante: _____

Tema de la charla: _____

_____

La Nochebuena

Fecha: _____

Maneras en que se celebra: _____

_____

La Navidad

Fecha: _____

Maneras en que se celebra: _____

_____

Cosas que se ven de influencia norteamericana: _____

_____

Otras celebraciones: _____

_____

10. Dictado The speaker will read each sentence twice. After the first reading, write down what you have heard. After the second reading, check your work and fill in what you missed.

1. _____

2. _____

3. _____

4. _____

5. _____

6. _____

LECCIÓN **5**

ACTIVIDADES PARA ESCRIBIR

Para hablar del tema

1. Palabras y más palabras Encierre en un círculo alrededor de la palabra o frase que mejor completa el significado de cada oración.

1. Tiene seguro de (paquete, salud, cargo).
2. Para poder pagarles más a los empleados, es necesario (publicar, redactar, aumentar) el presupuesto.
3. La jefa de personal está en su (despacho, retiro, sindicato).
4. La compañía ofrece beneficios (adicionales, capacitados, anteriores).
5. La candidata (desempeña, navega, llena) todos los requisitos.
6. Todos los empleados son miembros (de la jubilación, del sindicato, de la mercadería).
7. Trabaja por (cuenta, red, detallista) propia.
8. Ella tiene un buen (tiempo, puesto, manejo) en la compañía.
9. Tengo que (ganar, archivar, renunciar) estos documentos.
10. Lo (renunciaron, obtuvieron, despidieron) porque no hacía su trabajo.

2. Familia de palabras Encuentre el nombre, el verbo o el adjetivo que corresponde a cada una de las siguientes palabras.

1. nombre: *beneficio* adjetivo: ——————
2. nombre: *jubilación* verbo: ——————
3. verbo: *aumentar* nombre: ——————
4. verbo: *emplear* nombre: ——————
5. verbo: *publicar* adjetivo: ——————
6. adjetivo: *capacitado* nombre: ——————
7. verbo: *archivar* adjetivo: ——————
8. nombre: *descripción* verbo: ——————

9. verbo: *desempeñar* nombre: ——————
10. nombre: *entrenamiento* verbo: ——————
11. verbo: *ganar* nombre: ——————
12. verbo: *invertir* nombre: ——————
13. verbo: *redactar* nombre: ——————
14. nombre: *seguro* verbo: ——————
15. verbo: *bromear* nombre: ——————

3. Para completar Ahora complete las siguientes oraciones, usando las palabras encontradas en el ejercicio anterior.

1. Mi abuelo cumplió setenta años. Piensa _____ este año.

2. El contador nos habló de las pérdidas y las _____ de la compañía.

3. ¿Quién está encargado de la _____ del anuncio?

4. No te lo dije en serio. Fue una _____.

5. La novela fue _____ el año pasado.

6. El Sr. Viera está encargado de _____ a los empleados de la compañía.

7. Los nuevos programas son muy _____ para los empleados. Ofrecen muchas ventajas.

8. Carlos pidió un _____ de sueldo, pero no se lo dieron.

9. Él quiere _____ su vida por la suma de 500.000 euros.

10. Mi hermano consiguió un buen _____. Va a ganar $100.000 anuales.

11. Yo no dudo que la _____ de todo su dinero en ese negocio fue una buenísima idea.

12. El supervisor nos habló de la falta de _____ de algunos empleados.

13. ¿Puede usted _____ el tipo de trabajo que tenía en esa compañía?

14. Todas las cartas están _____.

15. Esteban sobresalía *(was outstanding)* en el _____ de su trabajo.

4. Crucigrama Complete el siguiente crucigrama.

Horizontal

1. minoristas
3. Él es el _____ de personal.
4. Trabaja por _____ propia.
7. Trabajo _____ extra.
9. cesantear
10. emplear
11. retiro
12. El lunes es un día _____.
13. por mes
14. capacitado
17. ¿Sabes navegar la _____?
18. Venden al por mayor; son _____.
19. Ofrecen _____ adicionales.
21. *labor union,* en español
22. Ella _____ $5.000 al mes.
23. *promotion,* en español

Vertical

1. oficina
2. hacer una inversión
4. puesto
5. *budget,* en español
6. escribir
8. mercancía
15. Voy a _____ estos documentos.
16. conseguir
20. *partner,* en español

Viñetas culturales

5. Comprensión Conteste las siguientes preguntas.

1. ¿Cuál fue la causa del aumento del comercio entre los Estados Unidos, Canadá y México?

   _____

2. ¿Cuándo entró en vigor el Tratado de Libre Comercio con Chile?

   _____

3. ¿Con qué otros países tienen tratado los Estados Unidos?

   _____

4. ¿Los gobiernos de qué países se oponen a estos tratados?

   _____

5. ¿Cuál es la lengua franca del comercio internacional?

   _____

Estructuras y práctica

El imperativo: *usted* y *ustedes*

6. Órdenes Usando el imperativo, escriba lo que el jefe le dice a la Srta. Gómez, lo que el médico le dice al Sr. Figueroa, lo que la profesora les dice a los estudiantes, lo que la Sra. Valdés le dice a su peluquero y lo que la Srta. Báez le dice al mozo.

1. El jefe va a ordenarle a su secretaria lo siguiente: Traducir las cartas al inglés, hacerlas firmar por el presidente de la compañía y echarlas al correo.

   Jefe: Srta. Gómez, _____

   _____

   _____.

2. El médico va a ordenarle al paciente lo siguiente: No fumar, no tomar bebidas alcohólicas, no trabajar demasiado, tratar de descansar y volver la semana próxima.

   Dr. Vega: Sr. Figueroa, _____

   _____

   _____.

3. La profesora Ochoa va a ordenarles a los estudiantes lo siguiente: Escribir una composición en español y leerla en voz alta, buscar un artículo sobre el comercio con Latinoamérica, devolver todos los libros a la biblioteca, hacer todos los ejercicios y corregirlos enseguida.

Profa. Ochoa: Señores, _____

_____

_____.

4. La Sra. Valdés va a ordenarle a Andrés, su peluquero, lo siguiente: Cortarle el pelo, hacerle un permanente, lavarle la cabeza y darle un masaje facial.

Sra. Valdés: Andrés, _____

_____

_____.

5. La Srta. Báez le ordena al mozo lo siguiente: Traerle una ensalada de papas y un bistec, no ponerle vinagre a la ensalada, traerle media botella de vino y no abrirla hasta más tarde.

Srta. Báez: Mozo, _____

_____

_____.

7. Preguntas y respuestas Conteste las siguientes preguntas, usando el imperativo (usted o ustedes) y los elementos que aparecen entre paréntesis.

1. ¿A qué hora tenemos que venir mañana? (a las siete)

_____

2. ¿A quién tenemos que entregarle los documentos? (a la Srta. Ortega)

_____

3. ¿Adónde tengo que ir yo después? (a la biblioteca)

_____

4. ¿Qué tengo que hacer allí? (buscar datos sobre la IBM)

_____

5. ¿Qué tengo que hacer con los datos? (traérmelos a mí)

_____

6. ¿A quién tengo que darle toda la información? (al jefe de personal)

_____

7. ¿Tenemos que quedarnos aquí? (no)

_____

8. ¿A qué hora tenemos que volver al apartamento? (a las doce)

_____

9. ¿A quién tenemos que pedirle la llave? (al gerente)

_____

10. ¿Cuándo tengo que devolvérsela? (el domingo)

_____

11. ¿No tengo que traérsela a usted? (no)

_____

12. ¿A qué hora tengo que llamarla a usted el viernes? (a la una y media)

_____

El imperativo de la primera persona del plural

8. En la oficina Vuelva a escribir las siguientes oraciones, siguiendo el modelo.

MODELO   Tenemos que salir más temprano.
         Salgamos más temprano.

1. Tenemos que levantarnos a las seis.

_____

2. Tenemos que ir a la oficina.

_____

3. No tenemos que irnos todavía.

_____

4. No debemos perdernos la reunión.

_____

5. Tenemos que entrevistarlos hoy.

_____

6. Tenemos que hablarles de los beneficios adicionales.

_____

7. Tenemos que dárselo al aspirante.

_____

8. Tenemos que decírselo a la supervisora.

_____

9. ¿Los documentos? No tenemos que pedírselos ahora.

_____

10. No tenemos que entregárselos hoy.

_____

11. Tenemos que poner más anuncios en el periódico.

_____

12. Tenemos que preparar los anuncios.

_____

El subjuntivo para expresar duda, incredulidad y negación

9. En la compañía Torres e Hijos Vuelva a escribir las siguientes oraciones, usando el subjuntivo o el indicativo, de acuerdo con las palabras o expresiones que aparecen entre paréntesis.

1. El presupuesto que tenemos es suficiente. (Dudo que…)

_____

2. Esa compañía tiene un buen seguro de salud. (Es difícil que…)

_____

3. Ellos son detallistas. (Estoy seguro de que…)

_____

4. Ella consigue el puesto fácilmente. (Es dudoso que…)

_____

5. Yo recibo beneficios adicionales. (Es verdad que…)

_____

6. Ellos saben mucho sobre composición de textos. (Es probable que…)

_____

7. La supervisora está en su despacho. (No creo que…)

_____

8. El gerente se jubila el año que viene. (No dudo que…)

_____

9. Lo contratan. (No estoy segura de que…)

_____

10. La secretaria redacta todos los anuncios. (Es cierto que…)

_____

11. Ella llega a la oficina a las siete. (No es verdad que…)

_____

12. La compañía nos da un aumento cada año. (Dudo que…)

_____

El subjuntivo para expresar lo indefinido y lo no existente

10. El mundo del trabajo Complete las siguientes oraciones, usando el presente de subjuntivo o el presente de indicativo de cada uno de los verbos que aparecen entre paréntesis.

1. Buscan un empleado que _____ (tener) experiencia.

2. No hay ningún vendedor que _____ (querer) ese territorio.

3. Hay algunos mayoristas que también _____ (vender) al por menor.

4. Aquí no hay nadie a quien le _____ (gustar) ese tipo de trabajo.

5. Tenemos un jefe que siempre nos _____ (ayudar).

6. Necesitan a alguien que _____ (servir) de traductor e intérprete.

7. Hay muchos candidatos que _____ (tener) buenas referencias.

8. ¿Hay alguien que _____ (conocer) a su jefe anterior?

9. Aquí hay puestos que _____ (pagar) muy bien.

10. ¿Hay alguien que _____ (ir) a la oficina hoy?

Expresiones que requieren el subjuntivo o el indicativo

11. Cosas que pasan Complete las siguientes oraciones, usando el presente de subjuntivo o el presente de indicativo de cada uno de los verbos que aparecen entre paréntesis.

1. No va a conseguir el puesto a menos que _____ (tener) referencias.

2. Vamos a entrevistarlo en cuanto él _____ (llegar) a la oficina.

3. Siempre compramos la mercancía tan pronto como ellos la _____ (poner) en venta.

4. No puedo invertir en ese negocio hasta que el banco me _____ (dar) el préstamo.

5. Generalmente se pone a trabajar en cuanto _____ (llegar) a la oficina.

6. No puedo terminar el trabajo sin que ustedes me _____ (ayudar).

7. Tengo que darle dinero a Daniel para que (él) _____ (comprar) la computadora.

8. Siempre leemos los anuncios después de que él los _____ (leer).

9. Voy a hablar con el jefe antes de que la reunión _____ (terminar).

10. Te voy a llevar a la oficina con tal que (tú) _____ (estar) lista a las siete.

11. Voy a llamar al director en caso de que él _____ (querer) entrevistar a los candidatos.

12. Yo no tengo dinero, de manera que no _____ (poder) comprar el escritorio.

13. Vamos a darle un ascenso aunque, en realidad, él no lo _____ (merecer).

14. Nos va a dar cien dólares de modo que nosotros le _____ (poder) comprar lo que él necesita.

15. Quizás tu jefe te _____ (aumentar) el sueldo, pero lo dudo.

12. En general... Complete lo siguiente, usando el equivalente español de las palabras que aparecen entre paréntesis.

1. _____ aquí a las ocho y _____ en seguida, señorita. *(Be / start to work)*

2. _____ estos documentos a mi oficina y _____ en mi escritorio. _____ a mi secretaria, Sr. Paz. *(Take / put them / Don't give them)*

3. _____ a mi despacho hoy, señoras. _____ todas las solicitudes. *(Go / Bring me)*

4. _____ cerca de la ventana; _____ aquí. *(Let's sit / let's not sit)*

5. Yo dudo que Elena _____. *(will get a promotion)*

6. Mi jefe no cree que yo _____ todo el trabajo. *(can do)*

7. _____ que nosotros _____ hoy. *(It is unlikely / see him)*

8. Yo creo que ella _____ experiencia, pero no es verdad que _____ bilingüe. *(has / she is)*

9. Busco una secretaria _____ japonés y que _____ dispuesta a trabajar los sábados. *(who knows / is)*

10. Aquí no hay ninguna compañía que _____ mayorista. *(is)*

11. Voy a vivir con mis padres en caso de que _____ el empleo. *(they don't give me)*

12. _____ a su despacho, voy a hablar con él. *(As soon as I arrive)*

13. Frases útiles Complete lo siguiente, usando el equivalente español de las palabras que aparecen entre paréntesis.

1. ¿Ellos dicen que Jorge Sáenz es el mejor empleado? ¡_____! *(I'll say)*

2. ¿Ella cree que le van a dar el puesto de asistente administrativa? ¡_____! *(No way)*

3. Me preguntan si yo puedo darles un aumento. _____. *(Well, . . . that depends . . .)*

4. Yo no sé qué pensar de todo lo que ocurrió. ¿_____? *(What is your opinion)*

5. ¿Dices que ella tiene experiencia con programas de composición de textos y de manejo de base de datos? ¿_____? *(Really)*

6. Dicen que la compañía ofrece una buena jubilación. ¿_____? *(What do you think)*

7. ¿Usted puede darle una buena carta de recomendación? ¿_____? *(Seriously)*

14. ¿Qué pasa aquí? Fíjese en estas ilustraciones y conteste las preguntas que siguen.

A

1. ¿Dónde está el Sr. Vigo?

   _____

2. ¿Qué puesto desempeña en la compañía?

   _____

3. ¿En qué cree usted que está pensando?

   _____

4. ¿Qué beneficio piensa él que no va a tener?

   _____

5. ¿Qué piensa él que sería una buena idea?

   _____

6. ¿Cuánto dinero necesita el Sr. Vigo mensualmente?

   _____

   _____

B

7. ¿Hoy es día de fiesta?

   _____

8. ¿Quién es el jefe de personal?

   _____

9. ¿El jefe va a contratar a Leonardo?

   _____

10. ¿Qué no está dispuesto a hacer Leonardo?

    _____

11. ¿Cree usted que Leonardo puede obtener un ascenso?

    _____

C

12. ¿Qué está redactando Andrea?

_____

13. ¿Qué está haciendo Eduardo?

_____

14. ¿Cuánto necesita ganar Eduardo anualmente?

_____

15. ¿Usted cree que Eduardo está capacitado para el puesto que ofrece la compañía de Andrea?

_____

16. ¿Por qué sí o por qué no?

_____

A escribir

15. Currículum vitae Usted tiene que redactar una hoja de vida para solicitar un puesto. Escriba una lista de sus conocimientos, de su experiencia y de sus estudios.

_____

_____

_____

_____

_____

_____

Lectura periodística

16. La red Conteste las siguientes preguntas sobre la lectura periodística de este capítulo.

1. ¿A cuántos millones de hispanos llegaba Google en el año 2010?
2. ¿Qué están adoptando los hispanos al mismo ritmo casi que el mercado en general?
3. ¿Cuál es uno de los ámbitos donde Google tiene más fuerza?
4. De cada diez personas, ¿cuántas compran un producto en las tiendas después de verlo anunciado en la red?
5. ¿En qué ciudad abrió Google una oficina? ¿Con qué coincide esto?

Rincón literario

17. ¿Verdadero o falso? Indique si las siguientes aseveraciones son verdaderas o falsas.

V F **1.** Marco Denevi es conocido solamente en Argentina.
V F **2.** Los microcuentos de Denevi son muy breves.
V F **3.** Sus novelas *Rosaura a las diez* y *Ceremonia secreta* fueron premiadas.
V F **4.** El cuento "Apocalipsis" tiene lugar en el futuro lejano.
V F **5.** En este cuento, los hombres han alcanzado la perfección en todo.
V F **6.** Los hombres no necesitaban hacer nada, excepto apretar botones.
V F **7.** Todo desapareció en un día.
V F **8.** Al final del cuento, el autor insinúa que todos los hombres se han convertido en máquinas.

ACTIVIDADES PARA ESCUCHAR

Estructuras y práctica

1. El imperativo: *usted* y *ustedes* Change each statement you hear to the command form. The speaker will verify your responses. Repeat the correct answers. Follow the model.

MODELO   Tiene que comprar la mercancía.
Compre la mercancía.

2. El imperativo de la primera persona del plural Answer each question you hear, using the cues provided. The speaker will verify your responses. Repeat the correct answers. Follow the models.

MODELO 1 ¿Dónde nos sentamos? (aquí)
Sentémonos aquí.

MODELO 2 ¿Traemos el paquete? (No)
No, no lo traigamos.

3. El subjuntivo para expresar duda, incredulidad y negación Change each statement you hear, using the cues provided. The speaker will verify your responses. Repeat the correct answers. Follow the model.

MODELO   Ella es una persona muy negativa. (No es verdad)
No es verdad que ella sea una persona muy negativa.

4. El subjuntivo para expresar lo indefinido y lo no existente Change each statement you hear, using the cues provided. The speaker will verify your responses. Repeat the correct answers. Follow the model.

MODELO   Tengo una secretaria que es bilingüe. (Necesito)
Necesito una secretaria que sea bilingüe.

5. Expresiones que requieren el subjuntivo o el indicativo Answer the following questions in the affirmative, using the cues provided. Pay special attention to the use of the indicative or the subjunctive. The speaker will verify your responses. Repeat the correct answers. Follow the model.

MODELO ¿Jorge va a ir a la reunión? (a menos que / estar ocupado)
Sí, va a ir a menos que esté ocupado.

Pronunciación

6. Oraciones When you hear the number, read the corresponding sentence aloud. The speaker will then read the sentence correctly. Repeat it.

1. Es presidente de una empresa productora de utensilios de cocina.
2. La candidata debe tener por lo menos dos años de experiencia.
3. Tiene experiencia con varios programas de composición de textos.
4. Podemos aumentar el presupuesto para ese cargo.
5. Redacte un anuncio para publicarlo en los periódicos locales.
6. Esta compañía tiene un buen plan de beneficios adicionales.

Comprensión

7. ¿Lógico o ilógico? You will hear some statements. Circle **L** if a statement is logical and **I** if it is illogical. The speaker will confirm your answers. If a statement is illogical, the speaker will explain why.

1. L I		7. L I
2. L I		8. L I
3. L I		9. L I
4. L I		10. L I
5. L I		11. L I
6. L I		12. L I

8. Diálogos Pay close attention to the content of the four dialogues, and also to the intonation and pronunciation patterns of the speakers. After each dialogue, answer the questions, omitting the subjects. The speaker will confirm your responses. Repeat the correct answers. Each dialogue will be read twice.

Listen to dialogue 1.
Now listen to dialogue 2.
Now listen to dialogue 3.
Now listen to dialogue 4.

A escribir

9. Tome nota You will hear an ad requesting a Personnel Director. First listen carefully for general comprehension. Then, as you listen for a second time, fill in the information requested.

La compañía exporta: _____

Oficina en: _____

Requisitos:

Experiencia en _____

Edad: Mayor de _____

Idiomas: _____

Estar dispuesto(a) a _____

Beneficios:

1. _____

2. _____

3. Vacaciones: _____

4. Oportunidad de: _____

Enviar:

1. _____ Enviar al apartado _____

2. _____ Ciudad: _____

10. Dictado The speaker will read each sentence twice. After the first reading, write down what you have heard. After the second reading, check your work and fill in what you missed.

1. _____

2. _____

3. _____

4. _____

5. _____

6. _____

LECCIÓN

ACTIVIDADES PARA ESCRIBIR

Para hablar del tema

1. Palabras y más palabras Complete lo siguiente con las palabras correspondientes.

1. No me gustan las ciudades grandes; prefiero los _____ tranquilos.

2. A lo _____ podemos ir a Costa Rica. ¿Qué te _____ la idea?

3. ¿Hay selvas _____ en Brasil?

4. Daniel y Eva están comprometidos. ¿Cuándo es la _____?

5. Vimos pájaros y _____ en el jardín botánico.

6. ¿Por qué estás _____? ¿Tienes sueño?

7. Ella _____ la calle y se detuvo a hablar con una amiga.

8. Esteban tiene muchos amigos porque es muy _____ y divertido.

9. Es muy _____. No le tiene miedo a nadie.

10. Luisa fue a la tienda y volvió _____ de paquetes.

11. Se quedó _____; no hizo nada.

12. Niurka tiene un _____ muy alegre y es muy vivaracha.

2. Familia de palabras Encuentre el nombre, el verbo o el adjetivo que corresponde a las siguientes palabras.

1. nombre: *amante*   verbo: _____
2. adjetivo: *amistoso*   nombre: _____
3. nombre: *valor*   adjetivo: _____
4. adjetivo: *bello*   nombre: _____
5. nombre: *diversión*   verbo: _____
6. adjetivo: *mundanal*   nombre: _____
7. nombre: *tranquilidad* adjetivo: _____
8. adjetivo: *cargado*   verbo: _____

9. verbo: *atraer*   adjetivo: _____
10. nombre: *guía*   verbo: _____
11. verbo: *detenerse*   adjetivo: _____
12. adjetivo: *creciente*   verbo: _____
13. verbo: *comprometerse* adjetivo: _____
14. nombre: *bostezo*   verbo: _____
15. verbo: *cantar*   nombre: _____

3. Para completar Ahora complete las siguientes oraciones, usando las palabras encontradas en el ejercicio anterior.

1. Carlos no es cobarde. Él es muy _____.

2. Aquí nunca pasa nada. Este es un lugar muy _____.

3. Me encanta la _____ de esta playa.

4. Actualmente, el _____ en que vivimos tiene muchos problemas.

5. Hubo un accidente y el tráfico estuvo _____ por dos horas.

6. Nos conocemos hace muchos años. Entre nosotros hay una gran _____.

7. Esta noche, pienso _____ mucho en la fiesta.

8. Alicia y Jorge están _____ para casarse.

9. No es verdad que ellos se odien. Ellos se _____ mucho.

10. No puedo _____ esa mesa porque pesa mucho.

11. *Love me tender* es una _____ romántica.

12. Ellos _____ cuando tienen sueño.

13. Desde que vi a Silvia, me sentí _____ por ella.

14. En mi jardín _____ flores muy hermosas.

15. Espero que Andrés nos pueda _____ durante la excursión.

4. Crucigrama Complete el siguiente crucigrama.

Horizontal

5. Yo _____ cuando tengo sueño.

7. El Sahara es un _____ muy grande.

8. Alicia está _____ para casarse.

10. Ellos se casan el sábado. La _____ es en la iglesia.

11. El Mississippi es un _____ muy largo.

12. Rafael tiene muchos amigos. Él es muy _____.

14. Esos _____ cantan mucho.

15. Rosa y Jaime son una _____ perfecta.

17. opuesto de **cobarde** *(coward)*

18. La _____ de San Francisco es muy hermosa.

19. opuesto de **aburrido**

21. Ella no es su esposa. Es su _____.

22. Puerto Rico es una _____ del Caribe.

Vertical

1. Costa Rica tiene muchas _____ pluviales.

2. La _____ de los Andes está en Sudamérica.

3. opuesto de **seguro**

4. El _____ Titicaca está al norte de Bolivia.

6. Vinieron de la agencia de viajes _____ de folletos.

8. Jaime es de _____ reservado.

9. Marisol nació en Madrid. Es _____.

13. Las _____ son insectos muy bellos.

14. No me gustan las grandes ciudades. Prefiero los _____ pequeños.

16. opuesto de **generosa**

20. *stubborn,* en español

Viñetas culturales

5. Comprensión Conteste las siguientes preguntas.

1. ¿Por qué es famosa Viña del Mar?

_____

2. ¿Cuándo tiene lugar el festival?

_____

3. ¿Qué capacidad tiene el anfiteatro donde tiene lugar el evento?

_____

4. ¿Cuál es la parte más esperada del evento?

_____

5. ¿Qué premios reciben los artistas ganadores?

_____

6. ¿Cómo se define el ecoturismo?

_____

7. ¿Qué hacen actualmente muchos países para conservar sus áreas naturales?

_____

Estructuras y práctica

El imperativo: *tú*

6. Una fiesta Elena va a dar una fiesta en su casa esta noche. Usando la forma **tú** del imperativo, escriba lo que Elena le pide a su hermana que haga y las instrucciones que le da a Carlos para llegar a la fiesta.

I. Elena le pide a Rosa que haga lo siguiente: levantarse temprano, limpiar la casa, comprar refrescos y ponerlos en el refrigerador, decirle a Marta que hoy es la fiesta, pero no decírselo a Rubén, pedirle los discos a Raúl e ir a comprar las flores.

«Rosa, _____

_____

_____

_____».

II. Elena le da a Carlos las siguientes instrucciones: tomar el autobús n° 24, bajarse en la calle Quinta, caminar tres cuadras, doblar a la derecha y en el edificio n° 453 subir al segundo piso e ir al apartamento 2.

«Carlos, _____

_____

_____

_____».

El participio

7. Para describir Complete lo siguiente, usando el equivalente español de las palabras que aparecen entre paréntesis.

1. pájaros _____ *(dead)*

2. señoras _____ *(asleep)*

3. pueblo _____ *(underdeveloped)*

4. estudiantes _____ *(surprised)*

5. ladrón _____ *(imprisoned)*

6. presidente _____ *(elect)*

7. niños _____ *(awake)*

8. regalos _____ *(wrapped)*

9. cartas _____ *(written)*

10. tienda _____ *(closed)*

11. ventanas _____ *(open)*

12. vasos _____ *(broken)*

8. Para completar Complete las siguientes oraciones con el participio que corresponda.

Modelo   A mí no me sorprendió la noticia, pero él quedó muy _____.
A mí no me sorprendió la noticia, pero él quedó muy sorprendido.

1. Debes poner aquí las tazas que no se rompieron, pero debes tirar las que están _____.

2. Yo aún no compré los pasajes, pero él ya los tiene _____.

3. Esa compañía casi siempre construye bien, pero esa casa no está bien _____.

4. Mi trabajo está sin terminar pero tú ya tienes _____ el tuyo.

5. No sé si ellos se van a cansar mucho con este trabajo, pero nosotros nos sentimos _____.

6. Cuando no conozco un lugar, siempre me pierdo; pero mis hijas nunca se sienten _____.

7. Los perros están _____. ¿Quién los soltó?

8. Rosa siempre hace bien su trabajo, pero el de Marta siempre está mal _____.

El pretérito perfecto y el pluscuamperfecto

9. ¿Qué has dicho? Complete las siguientes oraciones, usando el equivalente español de los verbos que aparecen entre paréntesis.

1. Ellos _____ a la boda solos. *(had gone)*

2. ¿Dónde _____ Roberto los folletos? *(has put)*

3. ¿Ya _____ los chicos del arroyo? *(have returned)*

4. Él me _____ que tú eras muy egoísta. *(had told)*

5. ¿Por qué no me _____ tú la lista de hoteles? *(had brought)*

6. Yo nunca _____ mi cumpleaños. *(have celebrated)*

7. Todos _____ a Viña del Mar. *(had come)*

8. Nosotros nunca _____ eso. *(have noticed)*

9. ¿Qué _____ ustedes con mi dinero? *(have done)*

10. Nosotros nunca _____ una selva pluvial. *(had seen)*

11. Viviana no _____ todos los problemas del viaje. *(has solved)*

12. Tú siempre _____ muy afectuosa con ellos. *(had been)*

13. Los chicos _____ en varios países. *(have been)*

14. Yo les _____ ese pueblecito. *(had described)*

15. Nosotros no _____ todavía a donde ir de luna de miel. *(had chosen)*

Posición de los adjetivos

10. Descripciones Vuelva a escribir las siguientes frases, usando adjetivos para reemplazar las palabras en cursiva.

Modelo Una muchacha *que se viste con elegancia*
        Una muchacha elegante

1. Un hombre *que tiene muchísimo dinero* _____

2. Una señorita *que nació en Madrid* _____

3. Un vino *hecho en España* _____

4. Una mujer *que asiste a la iglesia católica* _____

5. Una caja *que tiene forma de rectángulo* _____

6. Un texto *sobre literatura* _____

7. Las casas *que se compraron en agosto* _____

8. Una clase *que no ofrece ninguna dificultad* _____

9. Una ciudad *que, como todos saben, fue fundada en 1700* _____

10. La chica *que está allá, en aquel lugar* _____

11. La casa *que está después de la segunda* _____

12. Capítulo *número tres* _____

13. Un hombre *que pesa ciento cincuenta kilos y es muy alto* _____

14. Un hombre *que hizo muchas cosas por su país* _____

15. Una señora *que no tiene dinero* _____

16. Una mujer *que sufre mucho* _____

17. Un amigo *que tiene ochenta años* _____

18. Un amigo *a quien conozco desde la escuela primaria* _____

De todo un poco

11. En general... Complete lo siguiente, usando el equivalente español de las palabras que aparecen entre paréntesis.

1. A mí _____ que es mejor vivir en un pueblecito, pero quizás

_____. *(it seems / I´m wrong)*

2. Si vamos a Argentina _____ podemos aprender a bailar el tango. *(perhaps)*

3. Carlitos, _____, _____, _____ a Rita y

_____ que necesito los folletos. *(come here / do me a favor / call / tell her)*

4. Raúl, _____ al mercado, _____ manzanas y

_____ en el refrigerador. _____ en la mesa. *(go / bring me / put them / Don´t leave them)*

5. Nora, ¿tú sabes si la agencia de viajes _____ los domingos? Yo creo que

_____. *(is open / is closed)*

6. Los niños ya _____. ¿A qué hora _____ tú? *(are awake / have you awakened them)*

7. Nosotros _____ a nuestros amigos hoy. ¿_____, Jorge? *(haven't seen / Have you seen them)*

8. ¿Dónde _____ pasar las vacaciones ustedes ? *(had decided)*

9. Ellos ya _____ el dinero cuando yo los llamé. *(had brought us)*

10. Mi hermana _____ que lo mejor es vivir en Madrid. *(has always said)*

11. La Dra. Díaz es _____. Ella es _____ que ha llegado a presidenta de la Universidad. *(a unique woman / the only woman)*

12. _____ me dijo que podía usar _____ que usé el año pasado.
(The professor herself / the same book)

12. Frases útiles Complete lo siguiente, usando el equivalente español de las palabras que aparecen entre paréntesis.

1. ¿Tú dices que el Titicaca está en Paraguay? ¡_____! *(You´re wrong)*

2. _____ que Río de Janeiro es una de las ciudades más bellas del mundo. *(It seems to me)*

3. Dicen que hay un creciente ecoturismo en Costa Rica. _____. *(I agree)*

4. _____, sabemos que Hugo es inseguro y terco. *(Now then)*

5. ¿Quieren ver un desierto? _____, pueden ir a Arizona. *(Then)*

13. ¿Qué pasa aquí? Fíjese en estas ilustraciones y conteste las preguntas que siguen.

2 de junio

Lucas: de Madrid

Hawái

Lucas

Sandra

A

1. ¿Con quién está comprometida Sandra?

   _____

2. ¿Cuándo es la boda?

   _____

3. ¿Lucas es madrileño o sevillano?

   _____

4. ¿La pareja va a pasar la luna de miel en una isla o en un desierto?

   _____

B

5. ¿Sabemos algo sobre las características personales de estos chicos?

_____

6. ¿Quién es amistosa y afectuosa?

_____

7. ¿Quién es divertido?

_____

8. ¿Usted cree que Beto está diciendo algo cómico?

_____

9. ¿Cómo lo sabe?

_____

10. ¿Quién es vivaracha?

_____

11. ¿Quién es egoísta?

_____

C

12. ¿Usted cree que estas casas están en una ciudad grande o en un pueblito?

_____

13. ¿Qué se ve al fondo? ¿Unas colinas o una cordillera?

_____

14. ¿Qué pasa delante de las casas?

_____

15. ¿Cree usted que este es un lugar tranquilo?

_____

16. ¿Qué vuela de flor en flor?

_____

Actividades para escribir 81

A escribir

14. ¿Adónde vamos? Escriba un diálogo entre usted y un(a) amigo(a). Ustedes van a viajar juntos(as) y no pueden ponerse de acuerdo porque tienen gustos muy diferentes.

_____

_____

_____

_____

_____

_____

Lectura periodística

15. Colonia Conteste las siguientes preguntas sobre la lectura periodística de este capítulo.

1. ¿Colonia es una ciudad moderna o antigua?

2. ¿Qué encontramos ahora en el barrio antiguo?

3. ¿Cómo se puede visitar la ciudad?

4. ¿Qué encontramos en el campo?

Rincón literario

16. ¿Verdadero o falso? Indique si las siguientes aseveraciones son verdaderas o falsas.

V F **1.** Julio Cortázar es un famoso autor mexicano.

V F **2.** En las obras de Cortázar hay una gran preocupación por la búsqueda de la autenticidad.

V F **3.** _Rayuela_ es la novela menos importante de Cortázar.

V F **4.** Los famas y los cronopios son personajes fantásticos.

V F **5.** Cuando los famas viajan no se preocupan de ninguno de los detalles relacionados con el viaje.

V F **6.** Cuando los cronopios viajan no encuentran ningún problema.

V F **7.** Los cronopios sueñan que en la ciudad a donde han llegado hay grandes fiestas y que ellos están invitados.

ACTIVIDADES PARA ESCUCHAR

Estructuras y práctica

1. El imperativo: *tú*

I. Answer each question you hear, using the familiar **tú** command and the corresponding object pronoun when necessary. The speaker will verify your responses. Repeat the correct answers. Follow the model.

MODELO   ¿Abro la puerta?
                Sí, ábrela.

II. Answer each question you hear, using the negative familiar **tú** command and the corresponding object pronoun when necessary. The speaker will verify your responses. Repeat the correct answers. Follow the model.

MODELO   ¿Escribo las cartas?
                No, no las escribas.

2. El participio Answer each question you hear by saying that the action described has been done. The speaker will verify your responses. Repeat the correct answers. Follow the model.

MODELO   ¿Cerraste la puerta?
                Sí, está cerrada.

3. El pretérito perfecto y el pluscuamperfecto

I. Change the verb in each sentence to the present perfect tense. The speaker will verify your responses. Repeat the correct answers. Follow the model.

MODELO   Él va al río.
                Él ha ido al río.

II. Indicate what everybody had done by the time Sergio came back from the office. Use the cues provided. The speaker will verify your responses. Repeat the correct answers. Follow the model.

MODELO   Yo / comprar los boletos
                Yo había comprado los boletos.

4. Posición de los adjetivos Answer each question you hear, using the cues provided. Pay attention to the position of the adjectives. The speaker will verify your responses. Repeat the correct answers. Follow the model.

MODELO   ¿Tienes hermanos? (Sí, dos)
                Sí, tengo dos hermanos.

Pronunciación

5. Oraciones When you hear the number, read the corresponding sentence aloud. The speaker will then read the sentence correctly. Repeat it.

1. Ella es muy moderna, vivaracha y amante de los viajes.
2. Él es de carácter serio y reservado.
3. Hoy podemos decidir nuestros itinerarios para el viaje de bodas.
4. Quizás podemos visitar las ruinas de Machu Picchu.
5. Después cruzamos el Río de la Plata y estamos en Montevideo.
6. El país cuenta con un creciente ecoturismo.

Comprensión

6. ¿Lógico o ilógico? You will hear some statements. Circle **L** if the statement is logical, and **I** if it is illogical. The speaker will confirm your answers. If the statement is illogical, the speaker will explain why.

1. L   I
2. L   I
3. L   I
4. L   I
5. L   I
6. L   I

7. L   I
8. L   I
9. L   I
10. L   I
11. L   I
12. L   I

7. Diálogos Pay close attention to the content of the three dialogues, and also to the intonation and pronunciation patterns of the speakers. After each dialogue, answer the questions, omitting the subjects. The speaker will confirm your responses. Repeat the correct answers. Each dialogue will be read twice.

Listen to dialogue 1.
Now listen to dialogue 2.
Now listen to dialogue 3.

A escribir

8. Tome nota You will now hear a radio commercial advertising a trip to South America. First listen carefully for general comprehension. Then, as you listen for a second time, fill in the information requested.

EXCURSIÓN A SUDAMÉRICA

Nombre de la aerolínea: _____

La excursión incluye:

1. _____

2. _____

3. _____

4. _____

Lugares a visitar:

País _____ Ciudades: 1. _____

                                          2. _____

                                          3. _____

País _____ Ciudad _____

País _____ Ciudad _____

Precio de la excursión: _____

Precio de la excursión a Iguazú: _____

_____

_____

---

9. Dictado The speaker will read each sentence twice. After the first reading, write down what you have heard. After the second reading, check your work and fill in what you missed.

1. _____

2. _____

3. _____

4. _____

5. _____

6. _____

LECCIÓN

ACTIVIDADES PARA ESCRIBIR

Para hablar del tema

1. Palabras y más palabras Complete lo siguiente con las palabras correspondientes.

1. Fui a una _____ de música porque necesitaba _____ de música y

   _____ para mi guitarra.

2. Carlos Saldaña es _____ de piano y Esteban Solés es _____ de orquesta.

3. Mi _____ literario favorito es la poesía.

4. Armando pintó mi _____. Después de _____, él me considera no

   solamente hermosa _____ también exótica.

5. ¿Prefieres pintar un paisaje o una _____ muerta? ¿Van a exhibir tus pinturas en esa galería?

6. Vargas Llosa es uno de mis _____ favoritos. Leí muchas de sus novelas. Creo que también

   escribió _____ teatrales.

7. ¿Qué instrumento _____ tú? ¿La guitarra o el contrabajo?

8. ¿Quién es el _____ principal de la novela?

9. ¿Tú pintas al _____ o a la acuarela?

10. ¿La conferencia es sobre la _____ de Cervantes? ¡Qué _____!

2. Familia de palabras Encuentre el nombre, el verbo o el adjetivo que corresponde a cada una de las
siguientes palabras.

1. nombre: *compositor*   verbo: _____

2. nombre: *cuento*   verbo: _____

3. verbo: *exhibir*   nombre: _____

4. adjetivo: *libre*   nombre: _____

5. verbo: *bosquejar*   nombre: _____

6. verbo: *dibujar*   nombre: _____

7. verbo: *dirigir*   adjetivo: _____

8. nombre: *literatura*   adjetivo: _____

9. nombre: *arte*   adjetivo: _____

10. adjetivo: *mundial*   nombre: _____

11. verbo: *acompañar*   adjetivo: _____

12. nombre: *música*   adjetivo: _____

13. nombre: *oportunidad*   adjetivo: _____

3. Para completar Ahora complete las siguientes oraciones, usando las palabras encontradas en el ejercicio anterior.

1. La orquesta fue _____ por el famoso director Leopoldo Villarreal.

2. Ella esperó el momento _____ para hablar con los músicos.

3. Según varios críticos _____, Borges es uno de los mejores cuentistas de Latinoamérica.

4. Fuimos a una _____ de pintura en la Galería Argentina.

5. Anoche mi mamá le _____ un cuento a mi hijo. Fue uno de los que ella me leía cuando yo era niña.

6. Anoche tuvieron un programa _____ magnífico. Tocaron composiciones de Mozart y de Chopin.

7. Ella viajó por todo el _____.

8. Chopin _____ "La polonesa heroica".

9. La niña le mostró su _____ a la maestra. Era una casa rodeada de árboles.

10. Las mujeres llegaron _____ de sus esposos y de sus padres.

11. Ahora que los niños asisten a la escuela, ella tiene más _____ para hacer muchas cosas.

12. Ella tiene mucho talento _____. Pinta y toca el piano y el violín.

13. A mi abuela le gustaba bosquejar. Yo tengo varios de sus _____.

4. Crucigrama Complete el siguiente crucigrama.

Horizontal

3. *drums,* en español

4. exhibir

7. Edgar Allen Poe escribió _____

10. lo que hace un director

11. Beethoven, por ejemplo

12. tela

16. Hemingway, por ejemplo

18. Quiero _____ el piano.

19. Un pintor la usa.

20. cuadro

21. Se usan para pintar.

22. personaje principal

24. ir con

25. instrumento musical

Vertical

1. No es en verso; es en _____.

2. *marble,* en español

5. exhibición

6. tipo de pintura

8. *sculpture,* en español

9. *free,* en español

11. Necesito _____ para mi guitarra.

13. Pintó una _____ muerta.

14. pintura de aceite

15. Aquí se compran libros.

17. Pintó un _____ de su padre.

23. Vimos una _____ teatral.

Viñetas culturales

5. Comprensión Conteste las siguientes preguntas.

1. ¿Cuántos siglos hace que se fundó la Universidad Complutense de Madrid?

_____

2. ¿Aproximadamente cuántos estudiantes extranjeros hay en la universidad?

_____

3. ¿Qué estilo tiene el Parque del Retiro?

_____

4. ¿Qué es la Rosaleda?

_____

5. ¿Qué acontecimientos importantes se celebran en el verano en el Parque del Retiro?

_____

Estructuras y práctica

El futuro

6. Lo que pasará Cambie los verbos al futuro.

1. Tengo que trabajar. Después voy a casa y ceno.

_____
_____
_____ .

2. Elba te invita a la exposición. Tú le dices que sí y después decides no ir.

_____
_____
_____ .

3. La conferencia es el sábado. La da el doctor Vega y asisten muchas personas, pero nosotros no podemos ir.

_____
_____
_____ .

4. Tú sales de tu casa a las ocho, trabajas hasta las cinco y vuelves a las seis.

_____

_____

_____.

5. Ellos vienen a la galería, ponen los cuadros en el salón y le abren las puertas al público.

_____

_____

_____.

6. Carlos invita a Olga a salir. Ella, como siempre, no quiere salir con él, pero no sabe cómo decírselo.

_____

_____

_____.

7. ¿Quién sabe…? Conteste las siguientes preguntas, usando el futuro para expresar probabilidad o conjetura. En sus respuestas, utilice la información que aparece entre paréntesis.

1. ¿Cuánto crees que van a pagar por este cuadro? (unos mil dólares)

_____

_____

2. ¿Cuántos años tiene Rocío? (unos veinte años)

_____

_____

3. ¿Qué hora es? (las cuatro y media)

_____

_____

4. ¿Dónde está Julio? (en la galería de arte)

_____

_____

5. ¿Dónde exhiben las obras de esa escultora? (en el Museo de Arte Moderno)

_____

_____

6. ¿Cuánto cobran por la entrada a la exposición? (unos treinta dólares)

_____

_____

7. ¿Cuánto crees tú que vale esa escultura? (unos quinientos dólares)

_____

_____

8. ¿Qué usa Diego para pintar? (acuarela)

_____

_____

9. ¿Qué editorial publica los poemas de ese autor? (la Editorial Losada)

_____

_____

10. ¿Qué está haciendo Silvia? (tocando el piano)

_____

_____

11. ¿Qué quiere Luis? (hablar con el pintor)

_____

_____

12. ¿Adónde van los chicos? (al concierto)

_____

_____

El condicional

8. ¿Qué pasaría…? Complete las siguientes oraciones de una manera lógica, usando el condicional de los verbos de la lista. Use cada verbo solamente una vez.

decir	comprar	tener	hacer	poder
exhibir	haber	usar	ser	publicar

1. Para vender mis cuadros, yo los _____ en una galería.

2. Esos lienzos no son muy buenos. Yo no los _____ .

3. Yo creí que ese dinero _____ suficiente para pagarle al concertista.

4. Nunca pensé que ese pintor _____ tanto éxito.

5. ¿Qué _____ tú con cien mil dólares?

6. ¡Qué ruido hacen esos chicos! ¡Yo no _____ soportarlos!

7. El director dijo que mañana _____ una reunión.

8. ¿Tú le vas a decir que sí? ¡Yo le _____ que no!

9. Mario prometió que _____ el dinero para comprar pintura.

10. La casa editorial prometió que _____ mi novela.

El futuro perfecto y el condicional perfecto

9. Para entonces... Estamos en junio. Utilice la información dada y escriba lo que las siguientes personas habrán hecho para septiembre.

1. Julio y Magdalena / abrir la galería

_____

2. yo / pintar mi autorretrato

_____

3. tú / publicar tus poemas

_____

4. David y yo / graduarnos de la escuela de arte

_____

5. el escultor / terminar dos esculturas

_____

6. Ana / terminar de escribir su novela

_____

7. mi hermana / aprender a dibujar

_____

8. los precios de las pinturas / bajar

_____

10. ¿Qué habría pasado? Conteste las siguientes preguntas, usando la información que aparece entre paréntesis.

1. De haber tenido dinero, ¿qué habrían hecho ustedes el verano pasado? (viajar por Sudamérica)

_____

2. De haber sabido que sus padres llegaban hoy, ¿qué habría hecho usted? (ir al aeropuerto)

_____

3. De haber encontrado el dinero, ¿qué habría hecho su padre? (devolverlo)

_____

4. De haber estado en la fiesta, ¿qué crees tú que habría hecho yo? (bailar toda la noche)

_____

5. De haber necesitado dinero, ¿qué crees tú que habríamos hecho Ana y yo? (solicitar un préstamo)

_____

6. De haber ido a la exposición, ¿qué habrían hecho ustedes? (comprar un cuadro)

_____

Género de los nombres: casos especiales

11. Juego de palabras En este cuadro, usted encontrará palabras que tienen distintos significados según el género (masculino o femenino). Búsquelas, leyendo las líneas en la forma y en el orden indicado por las flechas, y escríbalas con el artículo correspondiente (dos veces si puede usarse con un artículo femenino o masculino). Luego, tradúzcalas al inglés.

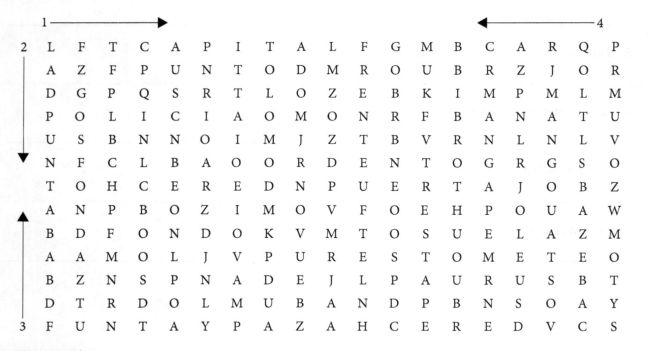

1. _____el capital *(money)*_____ 13. _____

2. _____la capital *(city)*_____ 14. _____

3. _____ 15. _____

4. _____ 16. _____

5. _____ 17. _____

6. _____ 18. _____

7. _____ 19. _____

8. _____ 20. _____

9. _____ 21. _____

10. _____ 22. _____

11. _____ 23. _____

12. _____

De todo un poco

12. En general... Complete lo siguiente, usando el equivalente español de las palabras que aparecen entre paréntesis.

1. Nosotros _____ a mamá a la galería de arte. *(will have to accompany)*

2. Yo sé que tú _____ que el retrato es magnífico. *(will tell them)*

3. Ellos _____ aquí en diciembre. ¡_____! *(will be / How interesting)*

4. Elsa _____ un paisaje. *(wouldn't be able to paint)*

5. Eduardo _____ el personaje principal. *(would want to be)*

6. ¿Te gusta este cuadro? ¿Cuánto _____? *(do you suppose it's worth)*

7. Elsa no encuentra sus pinceles. ¿Dónde _____? *(do you suppose she put them)*

8. Para las once, nosotros _____ de limpiar la casa. *(will have finished)*

9. Para las siete de la mañana, Estela _____ de su casa. *(will have left)*

10. Yo fui a hablar con mi consejero. ¿Qué _____, Anita? *(would you have done)*

11. De haber sabido que ella me iba a llamar, yo _____ en casa. *(would have stayed)*

12. _____ me dio una multa. Cuando fui a _____, hablé con el juez. *(The policeman / court)*

13. _____ llamó a _____. *(The priest / the police)*

14. Para llegar a _____, tienes que doblar a _____. *(the inn / the right)*

15. _____ estaba detrás de _____. *(The stick / the door)*

13. Frases útiles Complete lo siguiente, usando el equivalente español de las palabras que aparecen entre paréntesis.

1. _____, ¿tú crees que Jorge puede acompañarme a la exhibición? *(Speaking of this and that)*

2. _____, la pintura de Picasso es superior a la de Dalí. *(In my humble opinion)*

3. _____, pero yo creo que estás completamente equivocado. *(Excuse me for interrupting you)*

4. Marcelo escribió el ensayo… _____, él me ayudó a escribirlo… *(That is to say)*

5. Me gustan los pintores españoles. _____ Goya y Velásquez. *(Among my favorites are)*

14. ¿Qué pasa aquí? Fíjese en estas ilustraciones y conteste las preguntas que siguen.

A

1. ¿A qué tipo de tienda piensa ir Esteban?

_____

2. ¿Qué instrumentos quiere comprar?

_____

3. ¿Qué más necesita comprar?

_____

4. ¿Qué le gusta escuchar?

_____

5. ¿Quién cree él que puede acompañarlo?

_____

Silvia

B

6. ¿Qué tipo de pinturas le interesan a Silvia?

_____

7. ¿Qué género literario prefiere: la novela o la poesía?

_____

8. ¿Quién es su escritora favorita?

_____

9. ¿Usted cree que le gusta la idea de ser escultora?

_____

Fernando

C

10. ¿Quiénes son los compositores favoritos de Fernando?

_____

11. ¿Qué cree usted que Fernando va a ver en el Teatro Nacional?

_____

12. ¿Qué instrumento toca Fernando?

_____

13. ¿Qué necesita comprar?

_____

Actividades para escribir 97

A escribir

15. Planes Escríbale un mensaje electrónico a una amiga uruguaya que va a venir a visitarlo(la). Como usted sabe que a ella le gustan la música, la literatura y la pintura, usted le dice los planes que tiene para cuando ella venga.

De:
A:
Asunto:

_____

_____

_____

_____

_____

_____

Lectura periodística

16. Museos itinerantes Conteste las siguientes preguntas sobre la lectura periodística de este capítulo.

1. ¿La obra de qué pintor español se exhibirá en México?

_____

2. ¿En qué museo se exhibirán las pinturas?

_____

3. ¿Qué ventaja tiene el MUNAL?

_____

4. ¿La obra de qué otro pintor español planean traer en abril?

_____

Rincón literario

17. ¿Verdadero o falso? Indique si las siguientes aseveraciones son verdaderas o falsas.

V   F   **1.** Augusto Monterroso se crió en Honduras.
V   F   **2.** Su libro más popular fue *Obras completas y otros cuentos*.
V   F   **3.** No todos los personajes de Monterroso son seres humanos.
V   F   **4.** Más de doscientas personas asisten al concierto.
V   F   **5.** El padre dice que no siente gran entusiasmo por la música clásica.
V   F   **6.** El padre dice que entiende más de finanzas que de música.
V   F   **7.** Su hija no es realmente una gran pianista.
V   F   **8.** La hija cree, sin lugar a dudas, que ella posee gran talento musical.
V   F   **9.** Los amigos del padre aplauden más por temor que por admiración.
V   F   **10.** Las personas que el padre considera sus mejores amigos son los periodistas.
V   F   **11.** Los maestros de su hija aseguran que ella no es una mala pianista.
V   F   **12.** El autor dice que tener un padre poderoso ha sido una ventaja y una desventaja a la vez para su hija.

ACTIVIDADES PARA ESCUCHAR

Estructuras y práctica

1. El futuro Answer each question you hear, using the cues provided. The speaker will verify your responses. Repeat the correct answers. Follow the model.

MODELO   ¿Cuándo hablarán ustedes con el pintor? (la semana próxima)
Hablaremos con el pintor la semana próxima.

2. El condicional The speaker will make some statements about what he does. Respond by saying that other people would do something different. Use the cues provided. The speaker will verify your responses. Repeat the correct answers. Follow the model.

MODELO   Yo escucho música clásica. (Pablo / música folclórica)
Pablo escucharía música folclórica.

3. El futuro perfecto y el condicional perfecto

I. Using the cues provided, say what everybody will have done by eleven o'clock tomorrow morning. The speaker will verify your responses. Repeat the correct answers. Follow the model.

MODELO   Julio / levantarse
Julio se habrá levantado.

II. Use the conditional perfect tense and the cues provided to say what everybody would have done. The speaker will verify your responses. Repeat the correct answers. Follow the model.

MODELO   Luis compró una escultura. (Teresa / dos)
          Teresa habría comprado dos.

4. Género de los nombres: casos especiales Answer the following questions. The speaker will verify your responses. Repeat the correct answers. Follow the model.

MODELO   La espalda de un animal, ¿es un lomo o una loma?
          Es un lomo.

Pronunciación

5. Oraciones When you hear each number, read the corresponding sentence aloud. The speaker will then read the sentence correctly. Repeat it.

1. Asisten a la Universidad Complutense de Madrid.
2. Hablan de arte, de música y de literatura, sus temas favoritos.
3. Para el mediodía, los dos habremos terminado las compras.
4. Supongo que irás a la exposición de pintura.
5. Hoy la Banda Municipal toca en el Parque del Retiro.
6. Van a tocar música de muchos compositores españoles.

Comprensión

6. ¿Lógico o ilógico? You will hear some statements. Circle **L** if a statement is logical and **I** if it is illogical. The speaker will confirm your answers. If a statement is illogical, the speaker will explain why.

1. L I	7. L I
2. L I	8. L I
3. L I	9. L I
4. L I	10. L I
5. L I	11. L I
6. L I	12. L I

7. Diálogos Pay close attention to the content of the three dialogues, and also to the intonation and pronunciation patterns of the speakers. After dialogues 1 and 2, answer the questions, omitting the subjects. After Dialogue 3, choose the right answer. The speaker will confirm your responses. Repeat the correct answers. Each dialogue will be read twice.

Listen to dialogue 1.
Now listen to dialogue 2.
Now listen to dialogue 3.

A escribir

8. Tome nota You will now hear a news report on upcoming cultural events. First listen carefully for general comprehension. Then, as you listen for a second time, fill in the information requested.

CALENDARIO CULTURAL

Pintura

Lugar de la exhibición: _____

Obras que se exhiben: _____, _____ y _____

Nombre del pintor: _____

Nacionalidad: _____

Título de la charla: _____

Día: _____ Hora: _____

Música

Concierto de rock

Día: _____ Hora: _____

Lugar: _____

Nombre del grupo: _____

Música clásica

Día: _____ Hora: _____

Lugar: _____

Pianista: _____

Violinista: _____

Interpretan música de: _____

---

9. Dictado The speaker will read each sentence twice. After the first reading, write down what you have heard. After the second reading, check your work and fill in what you missed.

1. _____

2. _____

3. _____

4. _____

5. _____

6. _____

LECCIÓN **8**

ACTIVIDADES PARA ESCRIBIR

Para hablar del tema

1. Palabras y más palabras Encierre en un círculo la palabra o frase que mejor complete cada una de las siguientes oraciones.

1. Vamos a jugar a las (cartas, tablas de mar, canchas).
2. Necesito (naipes, huéspedes, un traje de baño) para ir a la playa.
3. Fuimos al cine y vimos una (moto acuática, película, fortaleza) muy buena.
4. Siempre hay un (salvavidas, estadio, juego de dardos) en esa playa.
5. ¿Quieres jugar al ajedrez o a los (dados, hipódromos, jardines botánicos)?
6. Fueron a Las Vegas para probar (las damas, la suerte, el dominó).
7. Nos gusta navegar a la (excursión, tablavela, carta).
8. Ella no sabe nadar. ¡Puede (ahogarse, broncearse, estrenar)!
9. Ellos (bucearon, exageraron, disfrutaron) de un hermoso día en la playa.
10. Paquito estaba muy (avergonzado, asustado, ahogado) cuando vio la película de terror.
11. Elisa fue la (pasada, última, cansada) en llegar.
12. Aurora está (sentada, acostada, embarazada). Va a tener un bebé en octubre.

2. Familia de palabras Encuentre el nombre, el verbo o el adjetivo que corresponde a cada una de las siguientes palabras.

1. adjetivo: *espectacular*   nombre: _____
2. nombre: *dependencia*   verbo: _____
3. verbo: *avergonzarse*   adjetivo: _____
4. nombre: *buceo*   verbo: _____
5. adjetivo: *salvado*   verbo: _____
6. nombre: *navegación*   verbo: _____
7. verbo: *broncearse*   adjetivo: _____
8. verbo: *fortalecer*   nombre: _____
9. verbo: *asustar*   adjetivo: _____
10. adjetivo: *ahogado*   verbo: _____
11. nombre: *estreno*   adjetivo: _____
12. nombre: *juego*   verbo: _____
13. verbo: *exagerar*   nombre: _____
14. nombre: *embarazo*   adjetivo: _____

3. Para completar Ahora complete las siguientes oraciones, usando las palabras encontradas en el ejercicio anterior.

1. El niño está muy _____ porque cree que vio un fantasma *(ghost)*.

2. Estela está _____. Su bebé nace en mayo.

3. Comprarse veinte vestidos es una _____.

4. Si no sabe nadar, se va a _____.

5. Para _____ necesitamos un tanque de oxígeno.

6. Le tengo miedo al mar; por eso no me gusta _____.

7. Yo trabajo porque no quiero _____ de mis padres.

8. Ayer vimos un bonito _____ de magia.

9. Ellos están muy _____, porque los suspendieron en el examen.

10. Sólo pudieron _____ del incendio *(fire)* a tres personas.

11. Esa película fue _____ el mes pasado.

12. Voy a tomar el sol porque quiero estar _____.

13. Ellos no quisieron _____ al ajedrez con nosotros.

14. En El Viejo San Juan hay dos _____ muy antiguas.

4. Crucigrama Complete el siguiente crucigrama.

Horizontal

2. Debes _____ al máximo tus vacaciones.

4. Disneyland es un parque de _____.

6. Cuando voy a Las Vegas, me gusta _____ la suerte.

7. El _____ lo sacó del agua.

8. naipes

12. Con mi cámara _____ muchas fotos.

14. Necesito una _____ de mar.

16. En Puerto Rico no debes _____ de ir a El Yunque.

17. Él está muy _____ porque rompió el vaso.

18. Compré un _____ de baño rojo.

20. Hoy vamos a un club _____.

21. Fui al cine y vi dos _____.

22. Tomo el sol porque quiero _____.

23. Elena hace _____ acuático.

Vertical

1. Ellos van a _____ en un yate.

2. Casi se estaba _____ en la piscina, cuando lo salvé.

3. En el _____ podemos ver las carreras de caballos.

5. Tiene miedo. Está muy _____.

9. Ariel compró una moto _____.

10. En el _____ hay muchos animales.

11. En el hotel presentan magníficos _____ musicales.

13. Hay muchos árboles en el jardín _____.

15. La _____ de El Morro es muy antigua.

19. Fueron al _____ para ver un juego de fútbol.

Viñetas culturales

5. Comprensión Conteste las siguientes preguntas.

1. ¿Qué es El Yunque y dónde se encuentra?

_____

2. ¿De qué sierra forma parte El Yunque?

_____

3. ¿Qué son los coquíes? ¿Por qué son famosos?

_____

4. ¿Cuál es la principal atracción turística de Puerto Rico?

_____

5. ¿Cuáles son algunos de los puntos de interés turístico de El Viejo San Juan?

_____

6. ¿Cuál es la mejor manera de conocer El Viejo San Juan?

_____

Estructuras y práctica

El imperfecto de subjuntivo

6. Para repasar Complete lo siguiente, usando el imperfecto de subjuntivo.

1. que yo
   _____ (volver)
   _____ (saber)
   _____ (poner)

2. que tú
   _____ (querer)
   _____ (venir)
   _____ (poder)

3. que él (ella, usted)
   _____ (dar)
   _____ (ser)
   _____ (decir)

4. que nosotros(as)
   _____ (andar)
   _____ (caber)
   _____ (conducir)

5. que ellos(as), (ustedes)
   _____ (mentir)
   _____ (ir)
   _____ (leer)

7. Consejos y sugerencias Vuelva a escribir lo siguiente, haciendo los cambios necesarios.

1. Quiero que vayas al mercado, compres flores y se las lleves a Isabel.

   Quería _____

2. Me dice que no deje de ver El Yunque y que disfrute de la playa.

   Me dijo _____

3. Te sugiero que traigas tu traje de baño y que estés aquí a las diez.

   Te sugerí _____

4. Nos recomienda que hagamos una excursión y que probemos la suerte en el casino.

   Nos recomendó _____

   _____

5. Les aconsejo que tengan cuidado cuando tomen el sol y que usen bronceador.

   Siempre les aconsejaba _____

6. Yo le pido a Eva que lleve a los niños al zoológico y que les saque muchas fotos.

   Yo le pedí _____

El imperfecto de subjuntivo en oraciones condicionales

8. Si… Complete lo siguiente, usando el imperfecto de subjuntivo o el presente de indicativo, según sea necesario.

1. Vamos a ir a navegar en tablavela si _____ (hacer) buen tiempo.

2. Ellos irían al jardín botánico si _____ (tener) tiempo.

3. Si a ella le _____ (gustar) las carreras de caballo, la llevaríamos al hipódromo.

4. Si tú _____ (jugar) conmigo al ajedrez, vas a perder.

5. Ella gasta dinero como si _____ (ser) rica.

6. Si tú _____ (querer) jugar a las cartas, podemos reunirnos en mi casa.

7. Yo iría al estadio si mi equipo favorito _____ (jugar) hoy.

8. Si ellos _____ (querer) ir a un club nocturno, podríamos ir esta noche.

El pretérito perfecto de subjuntivo

9. ¿Se han divertido o no? Construya oraciones usando el presente de indicativo y el pretérito perfecto de subjuntivo, según el modelo.

MODELO
Yo (alegrarse) / tú (venir)
Yo me alegro de que tú hayas venido.

1. Ella (temer) / su perro (ahogarse)

_____

2. Yo (sentir) / nosotros (no poder) ver la película

_____

3. Nosotros (esperar) / los chicos (ya volver)

_____

4. (Ser probable) / mamá (verlos) hoy.

_____

5. (Ser imposible) mi abuelo (hacer *surfing*).

_____

6. No (ser) verdad / mi hijo (pertenecer) a ese club

_____

7. Ella (alegrarse) / tú (ir) a la escuela con ellos

_____

8. Yo (dudar) / él (comprar) una moto acuática

_____

9. (Ser de esperar) / los chicos (ver) la fortaleza

_____

10. (Ojalá) / mi hermano (sacar) muchas fotos

_____

11. (Ser increíble) / tú (decir eso)

_____

12. Nosotros (lamentar) / ustedes (no estar) aquí

_____

El pluscuamperfecto de subjuntivo

10. Para completar Complete las siguientes oraciones, usando los verbos de la lista en el pluscuamperfecto de subjuntivo.

ir	trabajar	vivir	estar
aprovechar	decir	ver	hacer

1. Yo temía que ellos no _____ el espectáculo.

2. Ellos no esperaban que nosotros _____ al máximo las vacaciones.

3. Allí no había nadie que _____ en El Viejo San Juan.

4. Yo no creía que tú _____ de salvavidas.

5. Dudaban que yo _____ esquí acuático.

6. ¿Había alguien allí que _____ en Puerto Rico?

7. Yo me alegré de que ustedes _____ a la fiesta.

8. Él dijo que no era verdad que él _____ eso.

De todo un poco

11. En general… Complete lo siguiente, usando el equivalente español de las palabras que aparecen entre paréntesis.

1. _____ no dejaría de ir a El Yunque. *(If I were in Puerto Rico)*

2. Para _____ nuestras vacaciones en Puerto Rico, debemos hacer varias excursiones. *(take full advantage)*

3. _____ que ellos quisieran navegar en tablavela. *(It wouldn't surprise me)*

4. Ellos estuvieron de vacaciones _____. *(last week)*

5. Alberto nos sugirió _____ El Viejo San Juan. *(that we visit)*

6. Magaly se fue de viaje otra vez. _____ y pudiera estar viajando siempre. *(I wish I had as much money as she does)*

7. Es una lástima que Elvira _____. *(didn't come yesterday)*

8. Nos gustaría que _____. *(they buy a surfboard)*

9. _____ de vacaciones a Puerto Rico. *(If I had money I would go)*

10. Javier habla _____ de ajedrez. *(as if he knew a lot)*

11. Esperamos que tú _____ al jardín botánico y que

_____ todos los pájaros que hay allí. *(have gone / have seen)*

12. Ellos habrían ido al club nocturno _____. *(if they had had time)*

12. Frases útiles Complete lo siguiente, usando el equivalente español de las palabras que aparecen entre paréntesis.

1. _____. ¿Te gustaría ir al jardín botánico con nosotros? *(Tell me something)*

2. _____ haría una excursión. *(If I were you)*

3. _____ el viaje depende de sus padres. *(That I know of)*

4. ¡_____ que tú estás avergonzada por lo que pasó! *(Don't tell me)*

5. Ella quiere que yo le diga si su esposo piensa ir a bucear. ¿_____? *(How do I know)*

13. ¿Qué pasa aquí? Fíjese en estas ilustraciones y conteste las preguntas que siguen.

A

1. ¿Usted cree que estas personas están disfrutando de un día de sol en la playa?

_____

2. ¿Qué está haciendo Patricia para broncearse?

_____

3. ¿Qué tiene puesto Patricia?

_____

4. Patricia compró el traje de baño esta mañana. ¿Usted cree que lo estrena hoy?

_____

5. ¿Qué está haciendo Pedro?

_____

6. ¿Qué usa David?

_____

7. ¿Qué trabajo tiene Fabio?

_____

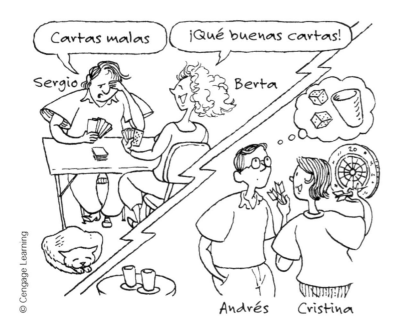

B

8. ¿Qué están haciendo Sergio y Berta?

_____

9. ¿Le extrañaría a usted si Berta ganara?

_____

10. ¿Por qué sí o por qué no?

_____

11. ¿Qué están haciendo Adela y Paco?

_____

12. ¿Qué preferiría estar haciendo Paco?

_____

C

13. ¿Dónde está Santiago en este momento?

_____

14. ¿Qué está haciendo?

_____

15. ¿A dónde le gustaría ir más tarde?

_____

16. ¿Qué le gustaría hacer a Fernando?

_____

Actividades para escribir   111

A escribir

14. En la agencia de viajes Escriba un diálogo entre usted y un(a) agente de viajes. Dígale adónde quiere viajar y cuándo desea hacerlo. Pídale información sobre precios, lugares de interés, hoteles, etc. Reserve su asiento para el viaje.

_____

_____

_____

_____

_____

_____

Lectura periodística

15. Javier Bardem Conteste las siguientes preguntas sobre la lectura periodística de este capítulo.

1. ¿A qué edad trabajó Bardem en *El poderoso influjo de la luna*?

_____

2. ¿Por qué se matriculó en la Escuela de Artes y Oficios?

_____

3. ¿Quién fue el primer español nominado para los Globos de Oro?

_____

4. Antes de recibir un Óscar como Mejor Actor de Reparto, ¿para qué otro premio fue nominado Bardem?

_____

Rincón literario

16. ¿Verdadero o falso? Indique si las siguientes aseveraciones son verdaderas o falsas.

V F **1.** Los chicos que jugaban en La Presa nunca aprendieron a nadar.

V F **2.** El río Torres está muy lejos de San José.

V F **3.** Los chicos le tenían miedo al dueño del huerto.

V F **4.** Muchas veces el viejecito corría detrás de los muchachos.

V F **5.** Cuando el autor volvió a La Presa, vio a las lavanderas bañándose en el barrizal.

V F **6.** La Presa siempre será un lugar de gratos (*pleasant*) recuerdos para el autor.

ACTIVIDADES PARA ESCUCHAR

Estructuras y práctica

1. El imperfecto de subjuntivo Change each of the following statements according to the new beginnings. The speaker will verify your responses. Repeat the correct answers. Follow the model.

MODELO   Quiero que tú vayas a la playa. (Quería)
Quería que tú fueras a la playa.

2. El imperfecto de subjuntivo en oraciones condicionales Answer each question you hear, using the cues provided. The speaker will verify your responses. Repeat the correct answers. Follow the models.

MODELO   ¿Por qué no vienes a verme? (tener tiempo)
Vendría si tuviera tiempo.

Now listen to the new model.

MODELO   ¿Van a venir ustedes a verme? (tener tiempo)
Sí, vamos a venir si tenemos tiempo.

3. El pretérito perfecto de subjuntivo The speaker will make some statements, using the present subjunctive. Change each statement by using the present perfect subjunctive. The speaker will verify your responses. Repeat the correct answers. Follow the model.

MODELO   Espero que vengan.
Espero que hayan venido.

4. El pluscuamperfecto de subjuntivo Change each statement you hear to express what the subjects would have done, using the conditional perfect and the pluperfect subjunctive. The speaker will verify your responses. Repeat the correct answers. Follow the model.

MODELO   Ella iría si pudiera.
Ella habría ido si hubiera podido.

Pronunciación

5. Oraciones When you hear each number, read the corresponding sentence aloud. The speaker will then read the sentence correctly. Repeat it.

1. Quieren aprovechar al máximo el tiempo que van a estar allí.

2. Probablemente estarán poniendo la última película de Javier Bardem.

3. Tú sabes que mi diversión favorita es ir al cine.

4. Yo quiero tomar el sol y estrenar mi traje de baño nuevo.

5. Supongo que no vas a navegar a la tablavela otra vez.

6. Si el salvavidas no te hubiera ayudado, yo hoy sería hija única.

Comprensión

6. ¿Lógico o ilógico? You will hear some statements. Circle **L** if a statement is logical and **I** if it is illogical. The speaker will confirm your answers. If a statement is illogical, the speaker will explain why.

1. L I	**7.** L I
2. L I	**8.** L I
3. L I	**9.** L I
4. L I	**10.** L I
5. L I	**11.** L I
6. L I	**12.** L I

7. Diálogos Pay close attention to the content of the four dialogues, and also to the intonation and pronunciation patterns of the speakers. After each dialogue, answer the questions, omitting the subjects. The speaker will confirm your responses. Repeat the correct answers. Each dialogue will be read twice.

Listen to dialogue 1.
Now listen to dialogue 2.
Now listen to dialogue 3.
Now listen to dialogue 4.

A escribir

8. Tome nota You will now hear a TV ad. First listen carefully for general comprehension. Then, as you listen for a second time, fill in the information requested.

Nombre del hotel: _____

Nombre de la playa: _____

Incluido en el precio:

Excursión a _____

Visitas al _____ y al _____

En la playa se puede:

1. _____

2. _____

3. _____

4. _____

Los equipos se ofrecen _____.

Espectáculos con: _____ y _____

de fama internacional. También puede _____.

9. Dictado The speaker will read each sentence twice. After the first reading, write down what you have heard. After the second reading, check your work and fill in what you missed.

1. _____

2. _____

3. _____

4. _____

5. _____

6. _____

LECCIÓN **9**

ACTIVIDADES PARA ESCRIBIR

Para hablar del tema

1. Palabras y más palabras Complete lo siguiente con las palabras correspondientes.

1. Quiero pesarme. ¿Dónde está (el hueso, la balanza, la tonelada)?
2. Quítese la ropa y póngase esta (pesa, socia, bata).
3. Esteban (mide, baja, fuma) un metro ochenta.
4. Peso cien kilos. Tengo que (recetar, subir, adelgazar).
5. Ellos levantan (chequeos, gotas, pesas).
6. Tome estas (grasas, pastillas, recetas) para el mareo.
7. Si comes mucho y no haces ejercicio, vas a (engordar, adelgazar, desmayarte).
8. Perdió el (calmante, conocimiento, turno) cuando le bajó mucho la presión.
9. Tienes que (recetar, dejar, disminuir) de fumar.
10. La carne está muy (enlatada, sana, picante); le pusiste mucha pimienta.
11. Quiero pollo (alto, a la parrilla, sano).
12. El café está muy (cálido, cuerdo, caliente). No lo puedo tomar.

2. Familia de palabras Encuentre el nombre, el verbo o el adjetivo que corresponde a cada una de las siguientes palabras.

1. nombre: *alimento* verbo: _____
2. nombre: *consumo* verbo: _____
3. nombre: *músculo* adjetivo: _____
4. nombre: *peso* adjetivo: _____
5. verbo: *adelgazar* adjetivo: _____
6. verbo: *recetar* nombre: _____
7. adjetivo: *enlatado* verbo: _____
8. adjetivo: *sano* verbo: _____
9. nombre: *calmante* verbo: _____
10. adjetivo: *contagioso* verbo: _____
11. verbo: *desmayarse* nombre: _____
12. verbo: *engordar* nombre: _____
13. nombre: *grasa* adjetivo: _____
14. nombre: *mareo* adjetivo: _____
15. nombre: *insistencia* adjetivo: _____
16. adjetivo: *necesario* nombre: _____
17. verbo: *sugerir* nombre: _____
18. adjetivo: *nervioso* nombre: _____

3. Para completar Ahora complete las siguientes oraciones, usando las palabras encontradas en el ejercicio anterior.

1. Eduardo siempre insiste en hacer todo a su manera. ¡Y es muy _____!

2. Luisa es muy _____. Pesa solamente cien libras.

3. Ernesto _____ seis latas de cerveza por día.

4. No puedo levantar esta caja. ¡Es muy _____!

5. Tomé dos pastillas para _____ el dolor.

6. Elisa sufrió un _____ porque la presión le bajó repentinamente (suddenly).

7. Lavé los platos, pero todavía están _____.

8. No hay _____ de trabajar hasta las ocho. Podemos terminar a las seis.

9. El médico me dio la _____ y yo la llevé a la farmacia.

10. No puedo manejar porque tomé una medicina y ahora estoy _____.

11. Carlos es alto y _____; tiene un físico estupendo.

12. Vamos a _____ duraznos y fresas para tener frutas en el invierno.

13. Yo le voy a dar una _____ a Sandra: le voy a decir que vaya a un buen especialista.

14. El médico trató de _____ a esos pobres niños que estaban tan enfermos.

15. No tenemos suficiente comida para _____ a toda esta gente.

16. La _____ es causada por las calorías y por la falta de ejercicio.

17. La pobre tenía tanta tensión, que sus pobres _____ estaban destrozados.

18. No voy a ir a trabajar porque estoy muy enfermo y no quiero _____ a mis colegas.

4. Crucigrama Complete el siguiente crucigrama.

Horizontal

2. No se puede vivir sin esto.

5. lo que se debe hacer para mantenerse en forma

6. oficina del médico

8. se usa para pesar

10. opuesto de **enfermo**

11. opuesto de **subir**

12. *pill,* en español

13. que tiene mucha pimienta

16. lo que levantamos en el gimnasio

17. lo que nos da el médico

18. Se toma dramamina para eso.

20. opuesto de **aumentar**

21. lo que se debe hacer cuando algo está infectado

22. Se toma para el dolor.

Vertical

1. medida de peso

2. bajar de peso

3. Si me uno a un club, soy un _____ de ese club.

4. Si tengo una enfermedad que puedo transmitirle a otra persona, lo que tengo es _____.

7. lo que se hace con un cigarrillo

8. La usa un paciente cuando está con el médico.

9. Cocinamos vegetales al _____.

13. Como pollo a la _____.

14. examen médico

15. *drops,* en español

18. lo que se desarrolla levantando pesas

19. Voy a pedir un _____ con el médico.

Viñetas culturales

5. Comprensión Conteste las siguientes preguntas.

1. Además de consultar a los médicos, ¿a quiénes consulta la gente en los países de habla hispana?

_____

2. ¿Qué títulos tienen los farmacéuticos?

_____

3. ¿Qué se vende en las botánicas?

_____

4. En el sistema métrico decimal, ¿el peso se da en libras?

_____

5. ¿Cómo se mide la temperatura?

_____

6. ¿A cuántas pulgadas equivale un metro?

_____

Estructuras y práctica

El subjuntivo: Resumen general

6. La salud Complete las siguientes oraciones usando el subjuntivo, el indicativo o el infinitivo de cada uno de los verbos dados, según corresponda.

1. El médico quiere que yo _____ (disminuir) el consumo de grasas, que
_____ (dejar) de fumar y que _____ (hacer) ejercicio, pero yo no
quiero _____ (hacer) todo eso.

2. Yo te sugiero que _____ (tratar) de adelgazar y que _____ (evitar) los
alimentos enlatados.

3. Cuando tú _____ (ir) al médico, pídele que te _____ (recetar) algo
para la presión alta.

4. Cuando Teresa _____ (ir) al médico, él siempre le aconseja que _____
(bajar) de peso. Espero que esta vez ella _____ (seguir) su consejo.

5. En el consultorio no había nadie que _____ (poder) pesarla ni que le
_____ (tomar) la presión.

6. Es verdad que ese médico _____ (ser) muy bueno, pero dudo que

_____ (ser) el mejor de esa clínica.

7. Mi mamá me dijo que _____ (pedir) un turno con el doctor Solís para que él me

_____ (dar) una orden para los análisis.

8. Siento no _____ (poder) acompañarte al hospital. Espero que Elvira te

_____ (llevar) esta tarde.

9. Tan pronto como yo _____ (salir) del hospital, iré a ver a Jorge. Espero

_____ (llegar) a su casa antes de que él _____ (irse).

10. Si yo _____ (tomar) pastillas para el mareo, no habría tenido problemas en el avión.

La próxima vez que yo _____ (viajar), las voy a tomar.

11. Si uno _____ (tener) una enfermedad contagiosa, es mejor no _____

(ir) a trabajar.

12. Estoy seguro de que Dionisio _____ (necesitar) un buen chequeo, pero dudo que alguien

lo _____ (convencer) de que lo necesita.

Usos de algunas preposiciones

7. Médicos y pacientes Complete las siguientes oraciones con el equivalente español de las palabras que aparecen entre paréntesis.

1. Ellos _____ la clínica _____. *(arrived at / at two)*

2. Ellos se fueron a trabajar, pero yo _____. *(stayed home)*

3. La enfermera es una mujer rubia _____. *(with blue eyes)*

4. El paciente salió del hospital _____. *(at seven in the morning)*

5. Cuando te dije que habías roto la balanza, te lo dije _____. *(jokingly)*

6. Ellos llevaron _____ al veterinario. *(the dog)*

7. Yo _____ las pastillas hoy. *(am going to start taking)*

8. Ellos estaban hablando _____. *(about the specialist)*

9. Ellos vinieron _____. *(to see the doctor)*

10. Yo quiero _____. *(learn how to cook)*

Verbos con preposiciones

8. De todo un poco Complete las siguientes oraciones con el equivalente español de las palabras que aparecen entre paréntesis.

1. Yo siempre _____ mi médico. *(remember)*

2. Elsa _____ Luis y después _____ Carlos. *(got engaged to / married)*

3. Yo _____ que ella _____ mi novio. *(didn't realize / had fallen in love with)*

4. _____ pedir un turno. *(We forgot)*

5. La enfermera estaba _____ los pacientes. *(thinking of)*

6. Ella _____ pesarme. *(insisted on)*

7. Yo sé que siempre puedo _____ mis padres. *(count on)*

8. Ellos _____ sus amigos en el club. *(met)*

9. Yo _____ visitar Brasil algún día. *(dream about)*

10. Yo _____ mi casa a las ocho. *(left)*

11. Mi esposo y yo _____ almorzar juntos hoy. *(agreed on)*

12. La verdad es que tú _____ nadie. *(don't trust)*

13. ¿Ustedes _____ los músculos de ese actor? *(noticed)*

14. Ellos _____ adelgazar. *(tried)*

15. Anoche no pudimos _____ nuestro cuarto. *(enter)*

El infinitivo

9. Déjame decirte… Complete las siguientes oraciones con el equivalente español de las palabras que aparecen entre paréntesis.

1. _____ es un buen ejercicio. *(Walking)*

2. Lo que más me gusta es _____. *(lift weights)*

3. Anoche lo escuché _____ con las enfermeras. *(talking)*

4. El especialista se fue _____. *(without speaking with his patient)*

5. El médico me prohibió _____ comidas picantes. *(to eat)*

6. _____ a casa, llamé al médico. *(Upon arriving)*

7. Nosotros _____ el último análisis. *(have just finished)*

8. No _____. *(smoking)*

9. Son las ocho de la noche y el trabajo está _____. *(unfinished)*

10. Cuando Gustavo me vio _____, corrió hacia mí. *(coming)*

11. Siempre salimos a caminar _____. *(after eating)*

12. Nosotros tenemos que _____ el trabajo. *(do again)*

13. Ellos _____ porque yo se lo sugerí. *(started exercising)*

14. Yo _____ de la clínica. *(had just arrived)*

De todo un poco

10. En general... Complete lo siguiente, usando el equivalente español de las palabras que aparecen entre paréntesis.

1. Yo no creo que ella _____ una mujer muy sana. *(considers herself)*

2. Yo le sugiero que _____. *(you put on this robe)*

3. Espero que ellos _____. *(bring the pills)*

4. Yo no dudo que _____. *(I have high blood pressure)*

5. Cuando usted _____, dígale que necesito ver al médico. *(call the nurse)*

6. Es necesario que tú _____. *(stop smoking)*

7. Todos los días llamo a mi mamá _____. *(as soon as I get home)*

8. El doctor quiere _____ ahora. *(see his patients)*

9. Yo les pedí que _____ a mi consultorio. *(they come)*

10. Si ella _____, se sentiría mejor. *(had lost weight)*

11. Yo te aconsejo _____. *(that you teach him how to swim)*

12. No es verdad que _____. *(she has married a doctor)*

13. Es verdad que yo _____ las grasas. *(try to avoid)*

14. _____, llamé a mi médico. *(Before leaving my house)*

15. Tengo _____. *(an unopened bottle)*

16. Yo _____ cuando mi mamá me llamó. *(had just arrived)*

17. Yo quiero que _____ tan pronto como _____, Anita. *(you start studying / you get home)*

18. _____, voy a ir al médico. *(After finishing my work)*

11. Frases útiles Complete lo siguiente, usando el equivalente español de las palabras que aparecen entre paréntesis.

1. ¿Tú dices que él es delgado? ¡_____! ¡Tiene que perder peso! *(On the contrary)*

2. _____, el médico no está en su consultorio hoy. *(Unfortunately)*

3. _____ él es el mejor especialista de la ciudad. *(One cannot deny that)*

4. _____ tener un chequeo por lo menos una vez al año. *(The most important thing is)*

5. Disminuyó el consumo de bebidas alcohólicas. _____, no ha podido dejar de fumar. *(Nevertheless)*

12. ¿Qué pasa aquí? Fíjese en estas ilustraciones y conteste las preguntas que siguen.

A

1. ¿Usted cree que Rodolfo llegó hace rato o que acaba de llegar?

   _____

2. ¿Qué quiere la enfermera que haga Rodolfo?

   _____

3. ¿La enfermera lo va a pesar o le va a tomar la presión?

   _____

4. ¿Usted cree que Rodolfo necesita adelgazar?

   _____

B

5. ¿Qué quiere la enfermera que le diga Walter?

   _____

6. ¿Walter lo sabe?

   _____

7. ¿Qué dice Walter que va a hacer?

   _____

8. ¿Qué espera la enfermera?

   _____

C

9. ¿Cuántos kilos quiere el médico que pierda Vilma?

_____

10. ¿Qué le recomienda que haga?

_____

11. ¿Vilma está contenta con la idea de ponerse a dieta?

_____

12. ¿Qué prefiere hacer?

_____

13. ¿Usted cree que es mejor hacer las dos cosas?

_____

_____

D

14. ¿Qué quiere la Dra. Vega que haga el Sr. Gómez?

_____

15. ¿Qué otra cosa quiere que deje de hacer?

_____

16. ¿Usted cree que el Sr. Gómez piensa seguir las recomendaciones de la Dra. Vega?

_____

Actividades para escribir 125

A escribir

13. ¡Doctor! Escriba diez preguntas que un paciente le haría a su médico.

1. _____
2. _____
3. _____
4. _____
5. _____
6. _____
7. _____
8. _____
9. _____
10. _____

Lectura periodística

14. Vuelta de vacaciones Conteste las siguientes preguntas sobre la lectura periodística de este capítulo.

1. Según la autora, ¿cuáles son las tres cosas que hacen acumular los "kilitos" durante las vacaciones?

_____

_____

2. ¿Qué riesgos hay al iniciar un programa de actividad física?

_____

_____

3. ¿Qué dos cosas son inseparables si se quiere obtener un peso adecuado?

_____

_____

4. Se debe hacer ejercicio por el placer de mover el cuerpo y disfrutar. ¿En qué no se debe pensar?

_____

_____

Rincón literario

15. ¿Verdadero o falso? Indique si las siguientes aseveraciones son verdaderas o falsas.

V F **1.** Rosa Montero es conocida solamente como periodista.

V F **2.** En "El arrebato", Rosa Montero describe la frustración causada por un embotellamiento de tráfico.

V F **3.** El conductor insulta, en su mente, a los otros conductores.

V F **4.** El conductor se alegra de ver al chico de la motocicleta.

V F **5.** El "vecino" lo pasa, y más adelante solo cabrá un coche.

V F **6.** El conductor decide llevar a la vieja que cruza la calle en su coche.

V F **7.** El conductor finalmente aparca, y se siente contento y agradecido.

V F **8.** La persona que lo ayudó a aparcar es una mujer joven y bonita.

V F **9.** Al principio, el protagonista no puede comunicarse con la persona que lo ayudó a estacionar.

V F **10.** Al final, el protagonista afirma que la gente exhibe gran paciencia cuando conduce.

ACTIVIDADES PARA ESCUCHAR

Estructuras y práctica

1. El subjuntivo: Resumen general Change each statement you hear, using the cues provided. The speaker will verify your responses. Repeat the correct answers. Follow the model.

MODELO   Creo que viene. (No creo)
No creo que venga.

2. Usos de algunas preposiciones Answer each question you hear, using the cues provided. The speaker will verify your responses. Repeat the correct answers. Follow the model.

MODELO   ¿A qué hora llegaron ustedes? (las tres)
Nosotros llegamos a las tres.

3. Verbos con preposiciones Answer each question you hear, using the cues provided. Pay special attention to the use of prepositions. The speaker will verify your responses. Repeat the correct answers. Follow the model.

MODELO   ¿De quién está enamorado Mario? (Marcela)
Está enamorado de Marcela.

4. El infinitivo Answer each question you hear, using the cues provided. The speaker will verify your responses. Repeat the correct answers. Follow the model.

MODELO   ¿Siempre bailas en las fiestas? (es divertido)
Sí, yo creo que bailar es divertido.

Pronunciación

5. Oraciones When you hear each number, read the corresponding sentence aloud. The speaker will then read the sentence correctly. Repeat it.

1. La doctora quiere hacerle un buen chequeo.
2. No creo que sea necesario perder diez kilos.
3. Le sugiero que se haga socio de un gimnasio.
4. Las chicas practican danza aeróbica.
5. Quiero que vuelva dentro de dos meses.
6. La recepcionista le da una tarjeta con la fecha de su próximo turno.

Comprensión

6. ¿Lógico o ilógico? You will hear some statements. Circle **L** if a statement is logical, and **I** if it is illogical. The speaker will confirm your answers. If a statement is illogical, the speaker will explain why.

1. L I   7. L I
2. L I   8. L I
3. L I   9. L I
4. L I   10. L I
5. L I   11. L I
6. L I   12. L I

7. Diálogos Pay close attention to the content of the two dialogues and the narration, and also to the intonation and pronunciation patterns of the speakers. After the first dialogue and the narration, answer the questions, omitting the subjects. The speaker will confirm your responses. Repeat the correct answers. Each dialogue and the narration will be read twice.

Listen to dialogue 1.
Now listen to the narration.
Now listen to dialogue 2.

The speaker will now make statements about the dialogue. One out of every two statements will be incorrect. Repeat the correct statements. The speaker will verify your responses.

A escribir

8. Tome nota You will now hear a radio commercial advertising a fitness club. First listen carefully for general comprehension. Then, as you listen for a second time, fill in the information requested.

Club: _____

El Club cuenta con: _____

1. _____

2. _____

Las comidas de la cafetería son:

1. _____

2. _____

A las personas que se hagan socios durante el mes de junio se les ofrece:

_____

El Club está abierto desde _____ hasta _____

9. Dictado The speaker will read each sentence twice. After the first reading, write down what you have heard. After the second reading, check your work and fill in what you missed.

1. _____

2. _____

3. _____

4. _____

5. _____

6. _____

LECCIÓN **10**

ACTIVIDADES PARA ESCRIBIR

Para hablar del tema

1. Palabras y más palabras Complete las siguientes oraciones.

1. Los estudiantes son del _____ de Utah.

2. Muchos hispanos son _____ de españoles.

3. No podemos salir _____ que Raúl llegue.

4. Mi mamá ve la _____ "Hospital General".

5. Todos queremos _____ en el crisol americano.

6. Él nació en Lima. Es _____.

7. Parece _____ que el niño sepa tanto de historia.

8. Por mi _____ genealógico, veo que mis antepasados eran de España y de Italia.

9. Pasé mi _____ y mi juventud en La Habana.

10. Victoria es de Quito; es _____.

11. Tengo _____ dinero. Necesito más.

12. Cuando tengo problemas, Carolina siempre me ayuda. Ella es muy _____.

2. Familia de palabras Encuentre el nombre, el verbo o el adjetivo que corresponde a cada una de las siguientes palabras.

1. nombre: *aportación* verbo: _____

2. nombre: *arruga* adjetivo: _____

3. adjetivo: *empujado* verbo: _____

4. adjetivo: *joven* nombre: _____

5. nombre: *estado* adjetivo: _____

6. nombre: *fundición* verbo: _____

7. verbo: *recetar* nombre: _____

8. nombre: *valor* adjetivo: _____

9. adjetivo: *chispeante* nombre: _____

10. nombre: *descendencia* verbo: _____

11. adjetivo: *infantil* nombre: _____

12. nombre: *mentira* verbo: _____

13. verbo: *envejecer* adjetivo: _____

14. nombre: *ancianidad* adjetivo: _____

3. Para completar Ahora complete las siguientes oraciones, usando las palabras encontradas en el ejercicio anterior.

1. Pagamos impuestos *(taxes)* federales y _____.

2. Esa chica es muy alegre y tiene mucha _____.

3. No le creo nada de lo que dice. Ella siempre _____.

4. Tengo muchas _____ para hacer comida mexicana.

5. La _____ es la primera etapa de la vida.

6. Tiene 70 años y su cara está muy _____.

7. Él no es cobarde *(coward);* es muy _____.

8. Carlos es muy _____. Tiene 85 años.

9. Para _____ esos metales necesitamos un crisol.

10. Para poder comprar la casa, toda la familia debe _____ dinero.

11. La _____ es la mejor época de la vida.

12. Isabel es una mujer muy _____. Tiene más de 100 años.

13. Paquito, nunca debes _____ a otros niños.

14. Muchas personas piensan que el hombre _____ del mono.

Nombre _____ Sección _____ Fecha _____

4. Crucigrama Complete el siguiente crucigrama.

Horizontal

4. opuesto de **infancia**

6. Nuestra _____ es necesaria para poder reunir el dinero.

7. *All My Children* es una _____.

8. Mis _____ son de Cuba.

9. Muchos extranjeros quieren _____ en el crisol americano.

13. A los 50 años empezamos a _____.

14. Carlos es _____; escribe para el *New York Times*.

15. Debemos empezar a trabajar, así que ¡_____ a la obra!

16. Es necesario hacer _____ los valores de nuestra cultura.

17. Elena puso en _____ lo que le dije.

18. Cuando Rosario está de mal humor, siempre _____ el ceño.

20. Elisa es muy vieja. Su cara está llena de _____.

21. Nació en Brasil. Es _____.

22. Adjetivo: **valiente**; nombre: _____

Vertical

1. Parece _____ que digas eso.

2. Ponce de León buscaba la fuente de la _____.

3. La comida mexicana es muy _____.

5. Ellos nacieron en Madrid; son _____.

10. Los cubanos abandonaron su país _____ por problemas políticos.

11. No sé quiénes eran los abuelos de mis abuelos. No estoy interesada en la _____.

12. Sacramento es la capital del _____ de California.

16. Quiero hacer tamales. Necesito una _____ que sea fácil.

19. _____ a poco nos vamos adaptando a esta cultura.

Actividades para escribir 133

© 2013 Cengage Learning. All Rights Reserved. May not be scanned, copied or duplicated, or posted to a publicly accessible website, in whole or in part.

Viñetas culturales

5. Comprensión Complete las siguientes oraciones.

1. En pocos años los _____ serán la mayor minoría de este país.

2. Los hispanos no son una _____.

3. No todos los hispanos tienen las mismas costumbres y _____.

4. San Agustín, en la Florida, fue _____ por los españoles en 1565.

5. Lo que une a los hispanos es una tradición cultural llegada directamente de _____.

Estructuras y práctica

La voz pasiva

6. Casos y cosas Complete las siguientes oraciones, usando el equivalente español de las palabras que aparecen entre paréntesis.

1. América _____ por los españoles. *(was discovered)*

2. Todas las cartas _____ por el vicedirector. *(are signed)*

3. Esos libros _____ por un autor puertorriqueño. *(have been written)*

4. Es probable que todos los informes ya _____ por el director. *(have been received)*

5. Todas las recetas _____ en ese libro. *(will be included)*

6. Él dijo que todos los edificios _____ por la misma compañía. *(had been built)*

7. Los actores de la telenovela _____ por los periodistas. *(were interviewed)*

8. El libro _____ en febrero si no hubiera sido por la huelga de los editores. *(would have been published)*

Nombre _____ Sección _____ Fecha _____

Construcciones con *se*

7. ¿Cómo se dice…? ¿Cómo se hace…? Conteste las siguientes preguntas, utilizando la información que aparece entre paréntesis.

1. ¿Qué idioma se habla en Brasil? (portugués)

_____

2. ¿A qué hora se cierran las tiendas? (a las nueve de la noche)

_____

3. ¿Cómo se sale de aquí? (por aquella puerta)

_____

4. ¿Cómo se dice *youth* en español? (juventud)

_____

5. ¿A qué hora se abren los restaurantes? (a las once de la mañana)

_____

6. ¿Qué se sirve aquí? (comida mexicana)

_____

Usos especiales de *se*

8. ¿Qué sucedió? Complete las siguientes oraciones, usando el equivalente español de las palabras que aparecen entre paréntesis. Siga el modelo.

MODELO   A Marta siempre _____ grabar las novelas. *(forgets)*
A Marta siempre se le olvida grabar las novelas.

1. _____ los platos. *(I broke)*

2. A él _____ los libros de historia. *(forgot)*

3. _____ la receta. *(We lost)*

4. Siempre _____ las cosas a los chicos. *(break)*

5. ¡_____ todo! *(I forgot)*

6. ¿Qué _____ esta vez, Anita? *(did you drop)*

7. ¿A ustedes, _____ las llaves? *(lost)*

8. Estoy triste porque _____ mi perrito. *(has died)*

Algunas expresiones idiomáticas comunes

9. Definiciones Encuentre en la columna B las expresiones idiomáticas que corresponden a las definiciones de la columna A.

A	B
_____ 1. animar	**a.** ponerle peros a todo
_____ 2. engañar	**b.** en el acto
_____ 3. decir lo que se piensa	**c.** al pie de la letra
_____ 4. encontrarlo todo mal	**d.** poner en duda
_____ 5. exactamente	**e.** no hacer caso
_____ 6. inmediatamente	**f.** dar gato por liebre
_____ 7. dudar	**g.** a la larga
_____ 8. sin deseos	**h.** dar ánimo
_____ 9. no prestar atención	**i.** de mala gana
_____ 10. con el paso del tiempo	**j.** no tener pelos en la lengua

10. Se expresa así Use las expresiones idiomáticas de la lista para completar las siguientes oraciones.

por no tener	a cuánto estamos hoy	algo por el estilo	hay gato encerrado
poner en duda	hacérsele a uno agua la boca	dar en el clavo	poner en peligro
en voz baja	con las manos en la masa	dar marcha atrás	hacerse el tonto

1. Cuando bebes y manejas, _____ tu vida.

2. Él entiende lo que decimos, pero _____.

3. Cuando Lorena piensa en la comida mexicana, _____.

4. Yo no sé lo que pasa, pero aquí _____.

5. Tuvo que _____ para salir del garaje.

6. Cuando ellos dijeron que Emilio era muy egoísta, _____.

7. Pablo nunca cree lo que yo le digo. Siempre lo _____.

8. No sé la fecha. ¿_____?

9. Mis amigos están dormidos. Por favor, hablen _____.

10. Se llama Eduardo… Ernesto o _____.

11. El hombre entró en su casa y pescó al ladrón _____.

12. No pude comprar el coche _____ dinero.

De todo un poco

11. En general... Complete lo siguiente, usando el equivalente español de las palabras que aparecen entre paréntesis.

1. Si queremos que la presentación sea un éxito y toda la gente nos aplauda, tenemos que empezar a trabajar.

   Así que ¡_____! *(let's get to work)*

2. _____, todos tenemos la misma opinión. *(After all)*

3. No sé por qué tú siempre _____ lo que te digo. *(doubt)*

4. El pueblo estadounidense _____. Siempre ayuda a otras naciones. *(is very sympathetic)*

5. Ese hospital _____ por la compañía Alfa. *(was built)*

6. Los empleados _____ por la jefa de personal. *(will be intervewed)*

7. Mi abuelo _____. *(was loved by all)*

8. El banco _____, pero las tiendas

   _____ las diez. *(opens at nine / don't open until)*

9. En California _____ en los restaurantes. *(smoking is forbidden)*

10. A Daniel siempre _____. *(forgets everything [use se])*

11. Manuel compró un anillo que le dijeron que era de oro, pero en realidad era de otro metal.

    _____. *(They deceived him)*

12. No debes conducir tu coche cuando bebes, porque _____ y las de

    otros. *(you endanger your life)*

13. Tú me entiendes cuando te hablo, pero siempre _____. *(you play dumb)*

14. Aurora no tiene muchos amigos porque siempre les dice exactamente lo que piensa de ellos.

    _____. *(She is outspoken)*

15. Cuando te pido que me ayudes, siempre lo haces _____. *(reluctantly)*

12. Frases útiles Complete usando el equivalente español de las palabras que aparecen entre paréntesis.

1. _____ de los otros países de Sudamérica, en Brasil se habla portugués. *(Unlike)*

2. Ana dice que hemos adoptado valores de este país. _____, tiene razón. *(In part)*

3. La comida mexicana _____ ser picante. *(is characterized by)*

4. Una laguna es un depósito de agua. _____ un lago pequeño. *(It's like)*

5. _____ Leo, que nunca trabaja, Julio es un muchacho muy trabajador. *(In contrast to)*

13. ¿Qué pasa aquí? Fíjese en estas ilustraciones y conteste las preguntas que siguen.

Natalia (Guatemala)

© Cengage Learning

A

1. ¿Cuál es la nacionalidad de Natalia?

_____

2. ¿En qué está pensando Natalia?

_____

3. ¿De dónde son sus antepasados?

_____

4. ¿Dónde pasó Natalia su niñez?

_____

5. ¿Cuál es la profesión del papá de Natalia?

_____

Héctor (Puerto Rico)

© Cengage Learning

B

6. ¿Cuál es la nacionalidad de Héctor?

_____

7. ¿Héctor piensa preparar un plato típico de Puerto Rico?

_____

8. ¿Qué necesita para poder prepararlo?

_____

9. ¿Qué tipo de comida le gusta a Héctor?

_____

10. ¿Héctor piensa que puede preparar la paella? ¿Lo pone en duda?

_____

A escribir

14. Bilingües Escriba uno o dos párrafos sobre las ventajas que tienen los inmigrantes que aprenden a hablar bien el inglés, al mismo tiempo que retienen su propio idioma.

_____

_____

_____

_____

_____

Lectura periodística

15. La Calle 8 Conteste las siguientes preguntas sobre la lectura periodística de este capítulo.

1. ¿Qué le impone el exilio a quien lo sufre?

_____

2. Los cubanos que viven en Miami, ¿han tenido mucha dificultad para adaptarse al exilio?

_____

3. ¿Qué piensan los cubanos de los norteamericanos que viven en Miami?

_____

4. ¿Qué es la Calle 8 para los cubanos?

_____

5. ¿Qué había que hacer en Cuba para construir una casa?

_____

Rincón literario

16. ¿Verdadero o falso? Indique si las siguientes aseveraciones son verdaderas o falsas.

V F **1.** José Antonio Burciaga es un escritor cubano muy famoso.

V F **2.** En sus escritos, el autor presenta problemas sociales.

V F **3.** *Los Altos se me están echando encima* tiene un tono satírico.

V F **4.** En este ensayo se presenta, de una forma humorística, el problema de establecer el inglés como idioma oficial.

V F **5.** En la presentación que hace el autor de lo que pasaría si solo se pudiera usar el inglés, el tono es humorístico.

V F **6.** El autor dice que quizás haya maldad en las personas que quieren que el inglés sea el idioma oficial.

ACTIVIDADES PARA ESCUCHAR

Estructuras y práctica

1. La voz pasiva Answer each question you hear, using the cues provided and the passive voice. The speaker will verify your responses. Repeat the correct answers. Follow the model.

MODELO   ¿Cuándo publicarán el libro? (el mes que viene)

Será publicado el mes que viene.

2. Construcciones con *se* Answer each question you hear, using the cues provided and the construction with **se**. The speaker will verify your responses. Repeat the correct answers. Follow the model.

MODELO   _____ ¿A qué hora abren las tiendas? (a las diez)

Se abren a las diez.

3. Usos especiales de *se* Answer each question you hear in the negative, expressing that the action is accidental or unexpected. Use the cues provided. The speaker will verify your responses. Repeat the correct answers. Follow the model.

MODELO   _____ ¿Llamaron ustedes a Elvira? (olvidarse)

No, se nos olvidó.

4. Algunas expresiones idiomáticas comunes Answer each question using an appropriate idiomatic expression. Follow the model.

MODELO   ¿Pagaste cien dólares por una cartera de vinilo? ¿Te dijeron que era de cuero?

Sí, me dieron gato por liebre.

Pronunciación

5. Oraciones When you hear each number, read the corresponding sentence aloud. The speaker will then read the sentence correctly. Repeat it.

1. No hay estado de la Unión en que no se haya hecho popular la comida de México.
2. Los españoles fueron los primeros en colonizar parte del territorio de los Estados Unidos.
3. ¿Por qué no hablamos de la aportación de los hispanos a la economía estadounidense?
4. Hemos llegado de todas partes, empujados por motivos políticos o económicos.
5. Al fin y al cabo, todos queremos fundirnos en el crisol americano.
6. Tenemos que empezar a escribir. ¡Manos a la obra!

Comprensión

6. ¿Lógico o ilógico? You will hear some statements. Circle **L** if a statement is logical, and **I** if it is illogical. The speaker will confirm your answers. If a statement is illogical, the speaker will explain why.

1. L I   7. L I
2. L I   8. L I
3. L I   9. L I
4. L I   10. L I
5. L I   11. L I
6. L I   12. L I

7. Diálogos Pay close attention to the content of the three dialogues, and also to the intonation and pronunciation patterns of the speakers. After each dialogue, answer the questions, omitting the subjects. The speaker will confirm your responses. Repeat the correct answers. Each dialogue will be read twice.

Listen to dialogue 1.
Now listen to dialogue 2.
Now listen to dialogue 3.

A escribir

8. Tome nota You will now hear three friends talking. Carlos, a Cuban American, Diana, a Puerto Rican, and Ignacio, a Mexican American, are having a lively conversation. First, listen carefully for general comprehension. Then, as you listen for a second time, fill in the information requested.

Ritmos cubanos: _____

_____

_____

Ritmo popularizado por los puertorriqueños: _____

Tipo de programa de televisión que menciona Ignacio: _____

Famoso cantante puertorriqueño: _____

Famosa cantante y actriz puertorriqueña: _____

Conocido actor cubano: _____

Popular actor español: _____

Plato español: _____

9. Dictado The speaker will read each sentence twice. After the first reading, write down what you have heard. After the second reading, check your work and fill in what you missed.

1. _____

2. _____

3. _____

4. _____

5. _____

6. _____

Printed in the USA
CPSIA information can be obtained
at www.ICGtesting.com
JSHW05070411092A
69618JS00005B/128